大　師　名　作　坊

MASTERPIECE 909

帕洛瑪先生

伊塔羅・卡爾維諾◎著
王志弘◎譯

目錄

〈導讀〉
在但丁和伽利略之間

南方朔

《帕洛瑪先生》是卡爾維諾活著時所出版的最後一本著作，可能也是最需要導讀的一本著作，藉著這本著作，卡爾維諾留給我們的是另一個文字瑰寶，另一種思考的空間。

《帕洛瑪先生》是本與眾不同的沉思錄。它深邃並多義；美國作家庫佛(Robert Coover)指說他在這本書裡「將沉思掩護在敍述之中」；而他的好友，由美國移居義大利的作家暨評論家維達爾(Gore Vidal)則如此說道：

「卡爾維諾的寫作經常像個科學家，如同他的雙親。他觀察，精確的，針對世界的瑣細事務。如星辰、波浪、蜥蜴、烏龜、袒露在海灘的一個女子的乳房。在這樣的過程中，他搖擺於宏觀與微觀，整體與部分之間，當然還包括眼睛的詭計。這本書以現在式寫作，就像科學家對正在進行中的試驗所寫的報告，也是被詰問的生命。」

這兩位夠資格的評論者都指出了此書的要旨，但說得更清楚的，則無疑的仍是卡爾維諾自己。他在書籍出版後題贈友好時曰：「這是我對自然的最後沉思。」而在後來的《給下一輪太平盛事的備忘錄》裡，在談到「精確」時指出：他長期以來的寫作生涯都在追求敍述的精確，這種追求分爲兩個方向：一是對實存的事務詳細的敍述，希望能使「說」與「被說」完全相合；另一則是將事務抽離成各種類型，而進入純粹的理性思維空間。這也就是，卡爾維諾有一種非常哲學性的想法，他希望能夠把「想說」、「說」、與「被說」這三者統一到他的作品中。但這是不可能的任務，因而他遂說道：

「這兩種追求精準的不同動力都將永遠無法完全兑現，因爲『自然』語言總是說出比形式化的語言所能說的更多——它總是含有相當數量的雜音，對訊息的本質造成影響。另一原因，則是在主觀我們週遭世界的稠密度和連續性時，語言總是顯得有所不足，零碎而不完整，說出來的比起我們能夠體驗的總合要少了許多。」

卡爾維諾所遭遇到的，乃是語言的極限問題，對這個事務無窮而事務之間的關係也同樣無窮的世界，語言顯得那樣單薄無力。於是，晚期的卡爾維諾遂改變了舖設故事架構的寫作方式，而專注於描述的練習，《帕洛瑪先生》在這樣的背景下誕生。他說：

「這是一種日記，處理最細微的知識問題，與世界建立關係的方法，以及在運用沉默和語言方面的滿足與挫折。」

《帕洛瑪先生》是卡爾維諾的作品裡最深奧有趣、也最值得反覆閱讀的一本。全書以三乘三乘三，總共廿七個單元組成，每個大單元裡都包括了對現象的描述、意義和象徵的探討、以及純粹冥想及宏觀思考等三個層次，諸如「有限——無限」、「簡單——複雜」、「變常」、「語言——沉默」、「生——死」，「意義—荒誕」，幾乎差不多的世界實存樣態都被鑲嵌進了他的思考架構中，而且其閃爍流離亦深邃飄渺，常如羚羊掛角，難以尋跡。這本書作就思想的深廣而言，比《看不見的城市》又進了一層。《看不見的城市》是將人類存在基本的各類範疇以寓言象徵的方式，藉著各種城市意象而表達；《帕洛瑪先生》的思考則將一切放到了更宏觀的宇宙以及更細微的瑣事上來加以觀照。而就在這些至大無外、至小無內的敍述中，它最終極之企圖，則是重建人與世界的聯繫，以及對這種聯繫難以企及的挫折加以反思。

卡爾維諾在《帕洛瑪先生》裡，從一個更高的高度上展現其魅力，它的語言及思想有如奇想曲(caprice)般的流變，亦有如孫悟空在天空裡翻著觔斗。純粹就語言的敍述而言，他是要藉著解放思想而達到解放語言之目的，但若就襟懷而論，他則是要儘可能的再去嘗試重建「世界——人我」的連繫關係，進而讓那個眞正的「整體」(Whole)或「合一」(The One)能夠被觸及。

由敍述的精準，從瑣細事務裡尋繹抽象的理性法則，擴大到對宇宙和世界的冥想，卡爾維諾的這種新嘗試，其實早已有其脈絡可尋。在更早的時候，他曾有過一篇訪談錄〈對科學及文學的兩次訪問〉。他指出，他一向認爲天文物理學家伽利略（Galilei Galileo, 1564-1642）乃是義大利最偉大的作家。

「伽利略運用語言不是做爲一種中性的工具，而是具有文學的自覺，對它的表現、想像、甚至抒情，均有著持續的許諾。當我閱讀伽利略，我喜歡尋找他談到月亮的段落。第一次，月亮對人成了眞實的對象，被精細的描寫成一種可以接觸到的東西。當月亮因此而呈現，閱讀的我們遂有了一種變得稀薄起來的感覺，並在伽利略的語言中幾乎漂浮了起來。」

接著，卡爾維諾又說了這一段時間値得注意的話——他的寫作受到伽利略那種追求語言精準、科學——詩意想像、以及對推想的呈現等很大的影響與啓發，但在另一面，另一種文化脈絡下：

「但丁(Alighieri Dante, 1265-1321)則創造了一種百科全書式及宇宙論式的作品，他當然也是在使用語詞嘗試建造一種宇宙的映像。這乃是義大利文學裡深層的素質，由但丁傳到了伽利略乃是一種文學理念，作品乃是世界及可知事務的地圖，它被求知的渴望所驅動寫成，而這種求知的渴望則可輪換成是神學、沉思、祕術、百科全書等項目，或是對自然哲學、變形、以及幻覺的觀察。這種傳統存在於所有的歐洲文字中，而我認爲它在義大利文字裡獨盛的存在於每一種樣態和形式中，使得義大利文學異於其他文學，它也使得義大利文學非常艱深但同時也非常非常的獨特。在過去的幾個世紀裡，這種特性已較少出現，而自此以後，我們文學的重要性也的確大爲降低。我必須指出，我在最近，或許因爲我開始寫這些事情，義大利文學對我而言已比從前更加不可或缺。我經常覺得自己所走的這條路，已引導著我返回這個眞正但卻被遺忘的義大利傳統泉源。」

由這樣的自我省思，已可看出卡爾維諾其實乃是徘徊在但丁與伽利略之間，一方面追求古典宏觀科學家那樣的精準，而另方面則又像哲學神學家那樣的尋找眞實，並希望將兩者背後共同的求知渴望向更大的世界伸展出去。《帕洛瑪先生》的早期版本，封面是兩個方格，右邊的是一個天文學家，左邊則是沉思的文藝女神或思想家，這樣的封面道盡了《帕洛瑪先生》的眞正意旨，那是文學和科學間會通的嘗試，這本書不只是敍述的風格演練而已，它是在替文學開拓著新的邊界。卡爾維諾視本書爲一種探索的日記，我則寧願認爲它是卡爾維諾另一種心靈的傳記，那是沉思的探險，帕洛瑪先生就是卡爾維諾自己。當他寫完這本壓卷之作，他就走進了星空，成就了他與萬物合一的初衷。

《帕洛瑪先生》是本必須一讀再讀的經典著作，它處處都是機鋒，用機鋒穿透文字的屏幕，映照出另一個意義奇幻的世界圖象。在那個世界裡，隨手俯拾，都是珠玉。

卡爾維諾的作品最難注釋，他永遠在打開語言和知覺的枷鎖，而後釋放出一個意義變動的世界。每當我們以爲已離他近一點的時候，卻發現他又遠遠的跑到了前頭。我一度很想替這本薄薄的小書繪製出一個沉思的關係圖表，但畫著畫著，就跌進了迷宮之中。他是個晶體，當我們遠觀，似乎見到了它的形態，但愈接近，卻發現各個切面閃爍，幾至無跡可尋。

因此，還是讓每個人自己去趕赴與《帕洛瑪先生》的盛會吧。

前言

目錄裡標題的1，2，3數字，不論是位於第一，或第二，或第三位數，除了表示純粹的順序意義外，也對應了三個主題範圍，這是三種經驗和探究，按照各種比重，呈現在本書的每個部分。

那些標明為「1」的部分，一般而言是對應了視覺經驗，而其對象幾乎總是某種自然形式；內容則偏向於描述性的。

那些標明為「2」的部分，包含了人類學或是廣義的文化方面的元素；而其經驗除了視覺資料以外，還牽涉了語言、意義與象徵。內容傾向於採取故事的形式。

那些標明為「3」的部分，涉及了比較多的冥想經驗，關懷的是宇宙、時間、無窮、自我與世界之間的關係、心靈的向度等。內容則從描述和敍事，轉移到沉思。

1

帕洛瑪先生的假期

1.1 帕洛瑪先生在海灘上

1.1.1 閱讀海浪

海面幾乎沒有波紋，微浪拍擊著沙岸。帕洛瑪先生站在岸邊，看著一個波浪。他並未對著海浪冥想而失神。他沒有失神，因爲他很淸楚自己在做什麼：他想要觀看一個海浪，而他現在正在看。他並沒有冥想，因爲冥想需要合適的氣氛、合適的心情，以及外在環境的適當配合；帕洛瑪先生雖然在原則上一點也不反對冥想，這三個條件卻沒有一樣可以適用在他身上。最後，他想看的不是「海浪」，而只是「一個海浪」：爲了避免模糊的感覺，他替自己的每一個行動設定了一個有限而明確的對象。

帕洛瑪先生看著一個海浪在遠處升起、增長、向前逼近、變換形狀和色彩、碎裂、消散，然後再次湧起。在這個時候，他可以確信自己已經完成了他所發動的運作，可以走開了。但是，要分離出一個海浪並不簡單，必須將它和緊隨在後，看來像是在推擠它，而且有時候會趕上它、掃除它的海浪區分開來；要將它和前一個海浪區分開來，也沒有比較容易，先前的海浪看來像是將它朝岸邊牽引，有時又反轉撲向隨後的海浪，好像要捕捉它一樣。接著，如果你衡量平行於海岸的海浪寬度，很難判定哪裡是推進前緣的有規律延伸，哪裡則分離斷裂爲個別的波浪，各有不同的速度、形態、力道和方向。

換句話說，你如果不在心裡牢記形成一個個海浪時的複雜特性，以及海浪本身所引發的同樣複雜的特性，你就無法觀察一個海浪。這些面向不斷地變換，所以，每一個海浪都和其他海浪不一樣，即使那不是緊隨在旁或相續的海浪；換句話說，有一些形狀和序列會重複出現，雖然它們在空間和時間上的分佈沒有規律。既然帕洛瑪先生現在想要做的只是觀看一個海浪——也就是說，察知這個海浪同時呈現的一切成份，一點也不漏失——他的目光便凝聚在衝擊岸邊的海浪運動上，直到先前沒有察覺到的面向都記錄下來；一旦他發現觀察到的景象開始重複，他就知道他已經看到想看的一切，可以結束了。

身爲一個住在顚狂又擁擠的世界裡的人，帕洛瑪先生傾向於簡約他和外在世界的關係；而且，爲了保護自己不淪爲神經衰弱者，他試圖盡可能地控制他的感覺。

向前推進的海浪，在某個點上舉起的峰頂比別處都高，就是在這一點上，它鑲上了白色的邊。如果這種變化在離岸一段距離處發生，泡沫就有時間翻轉折回浪身，然後再度消失，好像被吞吃了一樣，同時又襲捲整個浪，但這一回從浪身底下出現，像是一張白色的地毯，由岸邊升起，歡迎前來的海浪。可是，正在你期待這個海浪滾過地毯的時候，你發覺再也沒有海浪了，只有地毯，而且連地毯也迅速消逝，變成了快速回撤、閃閃發亮的潮溼沙粒，宛如被向前推進著崎嶇邊緣的乾燥、不透明的沙灘逐離了。

在這同時，海浪邊緣的V字型波紋也要納入考量；它分爲兩翼，一側由右向左朝著海岸伸展，另一側則由左向右，而它們分歧的出發點或匯聚的終點，就是這個反向的尖端，它追隨著兩翼前行，但總是落在後頭，屈服在它們的交替疊合之下，直到另一個大浪壓過來，帶有同樣的分歧／匯聚的難題，然後，又是一個更爲強勁的浪，粉碎並解決了這個糾結。

以海浪的模式做爲模型，海灘也在幾個模糊不清的地點衝入海水，在漲水的沙地淺灘處延伸出去，被每一回湧上的浪潮塑造和摧毀。帕洛瑪先生選擇了其中一處低淺的沙岬做爲觀察地點，因爲在這個地方，海浪斜斜地拍擊兩側，然後橫越半浸在水裡的陸地而相遇。所以，要了解一個海浪的組成，你必須考慮這些相互對抗的衝撞，在某種程度上它們相持不下，在某種程度上又相互加成，因而在尋常的泡沫展佈裡，造成了徹底碎裂的衝撞與反衝撞。

帕洛瑪先生現在企圖限定他的觀察範圍；如果他在心裡頭設想一個方形的地帶，比如說，十公尺的海岸乘上十公尺的海洋，他就能夠造出一份清單，包含了一段時間內，以不同的頻率重複出現的所有海浪運動。困難的是固定這個地帶的邊界，因爲比如說，如果他將一個前進中海浪明顯的線條當做最遠的一邊，當這條線接近他、並且升高的時候，它就遮住了後面的一切，因此，觀察的空間就被推翻並且壓碎了。

無論如何，帕洛瑪先生並不灰心，每一回他相信自己終於在他的觀察點上看見了一切，總是有某種他未曾記住的東西突然出現。如果不是因爲他急於使他的視覺操作達到一個完滿、確定的結局，觀看這些海浪對他會是一件平靜的活動，並且可以使他免於神經衰弱、心臟病和胃潰瘍。而且，它或許是藉由簡化爲最簡單的機制，來掌控世界的複雜多樣的關鍵。

但是，任何界定這個模型的企圖，不能不考量那和碎浪垂直，而且平行於岸邊前行的長浪，帶了穩定而幾乎不冒升出來的浪頭漲過來。推擠著湧向岸邊的一波波海浪，不會擾動這個以直角切過它們而平穩推進的緊密浪頭；我們也不曉得這個長浪來自何處，去向何方。也許是一陣東風吹拂，相對於來自海洋之外遠處水流的深沉推力，擾動了海面，但是，這個因風而起的海浪，在推進的時候，也受到水底深處的斜向推力影響，並且改變這些推力的方向，使它們順著海浪的方向被帶著走。因此，這個海浪繼續成長壯大，直到和相反方向的海浪撞擊，因而逐漸減弱消失，或者，相互纏扭，混合成爲拍打海岸的許多斜向海浪王朝之一。

將注意力集中在某個面向上，會使它躍到前景，佔據整個方形地帶，就好像面對某些圖畫，你只要閉上眼睛，當你睜眼時，景象就改變了。現在，朝不同方向移動的浪頭互相疊合，整體的樣式似乎分割爲幾個湧起又消失的部分。此外，每個海浪的回流也有自己的力量，阻擋了後來的海浪。如果你集中心神在這些回返的水流上，就好像眞正的運動是從岸邊開始，朝海洋推進。

這可能會是帕洛瑪先生即將獲得的眞正結果嗎?使海浪朝著相反的方向前進,逆轉時間,感知超出感官和心靈習慣以外的世界的眞實本質?不,他是覺得有一點暈厥,但就是如此而已。堅決不移地向岸邊推動的海浪獲得了勝利:事實上,海浪又增強了許多。風向要改變了嗎?如果帕洛瑪先生費盡苦心拼湊起來的景象被粉碎而消失,那眞是一場災難。只有在他能夠將所有的面向同時記住之後,他才可以開始第二個操作步驟:將這個知識延伸到整個宇宙。

如果不失去耐心,或許就足夠了,但帕洛瑪先生很快就失去了耐性。他沿著海灘離開,和他來的時候一樣緊張不安,而且對一切事物都更加不敢確定了。

1.1.2 坦露的乳房

帕洛瑪先生沿著偏僻的海灘行走。他遇到幾個做日光浴的人。一個年輕女人躺在沙地上享受陽光，乳房坦露。帕洛瑪生性謹慎，將目光瞥向海平線。他知道在這種狀況下，有個陌生男人走近，女人通常會匆忙地遮住身體，而這麼做在他認爲是很不恰當的：因爲對平靜地做日光浴的女人而言，這是件討厭的事，也因爲這個經過的男人覺得自己是個入侵者，還因爲裸體的禁忌依然在暗地裡得到確認；或多或少受到尊重的習俗，傳佈的是行爲舉止的不確定和不一致，而非自由和坦率。

所以，他在一段距離之外，一看到古銅色與粉紅色一團模糊的裸身女體輪廓，就很快地轉頭，使目光的軌跡依然懸在虛空中，並且確保他對環繞人們的隱形邊界，給予文明的尊重。

但是——他邊走邊想，並且在視野再度清淨的時候，恢復眼球的自在轉動——在這麼做的時候，我顯露了對於觀看的拒絕；或者，換句話說，我最終不過是強化了認爲只要見到胸部就是不合宜的習俗。也就是說，我在我的眼睛和乳房之間，創造了一件心靈的胸罩，然而，乳房在進入我視野邊緣的那一閃現之間，對我而言，其實是既新鮮又養眼。換句話說，我不去看它，正好預設了我正在想著那個裸體，憂慮不安；而且基本上這是一種不莊重又保守的態度。

散步回來，帕洛瑪又經過那個做日光浴的女人，這一回他保持眼睛不動、筆直向前，所以他的目光不偏不倚，遇見了退卻的海浪泡沫、拉上岸的小舟、鋪展在沙灘上的大浴巾、一個有淺色皮膚和深色乳暈的隆起的月亮、薄霧中的海岸輪廓，灰濛濛地襯著天空。

他很得意，邊走邊回想：我很成功地使乳房完全融入地景裡，所以我的目光就和海鷗與鱈魚的目光沒有什麼兩樣。

但是，這眞的是正確的行動方式嗎？——他進一步反省。這難道不是意味著將人類扁平化到事物的層次，將人當成物體，更糟的是將具有女性特徵的人當成物體嗎？難道我不是或許正好延續了男性優越的古老習俗，在歲月積累之下硬化成爲一種習慣性的粗野無禮嗎？

他轉過身，循著自己的足跡回去。現在，他允許自己的目光中立客觀地掠過海灘，他的安排是，一旦女人的乳房進入他的視野，就可以察覺到一種斷裂、一個轉折，幾乎是突進的一瞥。這一瞥接著輕觸緊繃的肌膚，然後收回，好像以一個輕巧的觸動，鑑賞景色不同的所在，以及它所具有的特殊價值，有一會兒，這一瞥停在半空中，在一段距離外，隨著胸部的起伏畫了一個弧線，像是躲閃，但也是保護，然後繼續前進，好像什麼事也沒有發生。

這樣子做，我相信我的立場已經表明的很清楚了——帕洛瑪這麼想——不會有任何誤解。但是，眼光的這種輕觸，不會被當成一種優越感嗎？貶低了胸部的地位和意義，好像是把它放在一邊，放在邊緣或是置入括弧嗎？所以，我再次把乳房逐入蒙昧晦暗之地，而這正是清教主義的性恐懼，以及認定欲望屬於罪惡的幾個世紀裡，擺放它的地方……。

這種解釋和帕洛瑪的善意有所衝突，因爲他雖然屬於將女性乳房的裸露和愛情的親密觀念聯想在一起的世代，他依然歡呼贊成改變這種習俗，因爲這反映了具有更寬廣心靈的社會，也因爲這種特別的景象令他覺得愉快。他想要以他的目光表達的，正是這種保持距離的鼓勵。

他轉過身。他以堅定的步伐，再次走向這位躺在陽光之下的女人。這一回，他的目光，草率地看一眼風景之後，將會在胸部特意地徘徊一陣子，但很快地會在其中包容善意的情感，以及對整個景象的感激，感謝陽光和天空，感謝低伏的松樹和沙丘，還有海灘和岩石和雲朵和海草，感謝圍繞著那對有光暈的新月運轉的宇宙。

這應該夠堅定地讓這位獨自一人的日光浴者再次確認我的意圖，而清除一切錯誤的假定了。但是，當他再度靠近的時候，她突然跳起來，帶著不耐的怒氣遮掩身體，惱怒地聳肩，好像要躲開色情狂令人討厭的堅持一般。

無法寬容的傳統的沉重壓力，使任何人都無法適當地理解最清晰的意圖，帕洛瑪痛苦地做了這個結論。

1.1.3 太陽之劍

當太陽開始沉落，它的返照在海面上輝映成形；一張眩人眼目的斑斕補綴，從天際一直延伸到岸邊，由無數閃耀的金光組成；在一條金光和下一條金光之間，深藍色的海洋織成一張黝黑的網。白色的小船襯著光芒，轉爲黑色，失去了實體與形影，宛若它們被那輝耀的光點吞吃了。

由於天性遲緩，這個時刻是帕洛瑪先生晚泳的時間。他下水，離開海岸；陽光映照在水面，形成一把閃耀的劍，從岸邊向他伸展而去。帕洛瑪先生在這把劍裡游泳，或者更準確地說，這把劍一直在他前面；他每划動一下，它就退縮，讓他永遠無法趕上。每當他伸展手臂，海面就加深它晦暗的夜色，一直延伸到他身後的海岸。

太陽逐漸向海面沉落，赤熱白亮的反射光染上了金黃與赤銅的色調。無論帕洛瑪先生如何移動，他還是停留在那尖銳、鍍金的三角形頂端；這把劍跟隨著他，就像以太陽爲樞軸的手錶指針一般，指引著他向外移動。

「這是太陽對我個人的特別歡迎。」帕洛瑪先生被誘導這麼想，或者該說自我中心的、定居在他裡頭的妄想自大的自我，被誘導著這麼想。但是，那居住在同一容器裡另一端的沮喪且自傷的自我，回嘴道：「每個有眼睛的人，都可以見到跟隨著他的映照；感官與心靈的幻覺，總是使我們都成爲囚徒。」第三個房客比較不偏不倚，它說話了：「這意味著無論怎麼樣，我是屬於能感覺與思考的主體，能夠和太陽的光線建立起一種關係，並且能夠詮釋和評價感知與幻覺。」

在這個時刻向西游去的泳者，都可以見到長條的光線指向他，但在他的手臂可及之外一點點的地方消散了。每個人都有他自己的映照光芒，有僅僅爲了他而存在的方向，並且隨著他移動。在映照光芒的兩邊，海水的藍色較深。帕洛瑪先生尋思，「那黑暗是每個人共有的，唯一不是幻覺的資料嗎？」但是，那把劍同樣進入每個泳者的眼簾，無法躲避。「我們所共有的東西，正是上天給予每個人的獨具之處嗎？」

此刻陸風揚起，輕滑過水面的帆船，傾斜地穿過。船上挺直的人影雙臂伸長像弓箭手一般，緊握船帆下桁，與咬住風帆的氣流搏鬥。當他們穿過夕陽的返照，置身覆蓋他們的金光之中，風帆的顏色變得柔和，黑暗的人體輪廓隱沒進入夜色。

「這一切都不是發生在海上，或發生在太陽底下，」泳者帕洛瑪這麼想，「而是發生在我的腦海中，發生在眼睛與大腦的迴路之中。我在我的心靈中游泳；這陽光之劍只存在那裡；這正是吸引我的東西。這是我的組成元素，我能夠以某種方式知道的唯一東西。」

但是他也想到，「我無法觸及那把劍；它總是在前面一點，它不可能同時在我心裡，又在我泅泳其間的地方；如果我見到它，那我就是在它之外，而它也在我之外。」

他的划動變得疲倦且猶疑了；你或許可以認爲他的一切推理，沒有增加他在陽光返照裡游泳的樂趣，反而是破壞了興致，讓他覺得游泳是項限制，或是罪咎，或是責難。而且是他無法逃避的責任；這把劍所以存在，是因爲他在那裡；而且，如果他要離開，如果所有的泳者和船隻都回到岸邊，或者只是背轉向太陽，那麼劍將終於何處？在這個崩解的世界裡，他想要挽救的是最脆弱的東西：位居他的眼睛與落日之間的海橋。帕洛瑪先生再也不喜歡游泳了；他很冷。但是他繼續游：現在他不得不留在水裡，直到太陽消失。

接著他想，「如果我見到了、思考著返照，而且在裡頭游泳，那是因爲在另一端有太陽，放射了光芒。光芒的源頭才是最要緊的：除非光芒減弱，像現在的落日一樣，否則我無法直視這個源頭。其他的一切都只是返照的反射，我也包括在內。」

一艘帆船的魅影經過：人與桅桿的陰影在光亮的粼波裡移動。他想，「如果沒有風，這些由塑膠接頭、人骨筋肉、尼龍布拼湊起來的詭局就不會站立起來；有了風才使得它成爲一艘看起來有目的和意圖的船：只有風知道浪頭和衝浪者要往何處去。」如果他能夠在一個可以推導出一切事物的確定原理中，取消自己侷限且可疑的自我，那是多麼大的解脫！一個行動與形式藉以推導的單一絕對原則？或者是一定數目的不同原則，其作用力互相交織，賦予這個世界如其所然的樣貌，每個時刻都獨特不同？

「……這風，以及很顯然地，這大海，承載了漂浮變動的固體，就像我和帆船。」帕洛瑪先生思索著，像死人一般浮著。

現在，他翻轉了的目光凝視著漂泊的浮雲和林木蓊鬱的山丘。他的自我在組成元素上也顛倒過來：天際的火光、競逐的氣流、海水的搖籃和大地的支撐。這是自然的嗎？但是，他所見的沒有一樣存在於自然之中：太陽並未落下，海不是這種顏色，形狀不是光線落在他的視網膜上的那個樣子。他的四肢不自然地移動著，使他浮在這些幻影之中；姿勢不自然的人類形體變換他們的重量，不是爲了駕馭風，而是要利用風和人造物的傾斜所形成的幾何抽象角度，並因此在平靜的海面上滑行。自然不存在嗎？帕洛瑪先生游泳的自我沉浸在一個解離了的世界裡，力場的交錯、向量圖、位置線的邊界匯聚、分歧、碎裂。但是，在他體內還有一個地點，其中每件事物都以另一種方式存在，像是一團東西、一個凝塊，像是一個障礙：一種你在這裡，但又不可能在這裡的感受，置身一個不可能存在，卻又存在的世界裡。

一個闖入的海浪擾亂了平靜的大海；一艘摩托艇破浪而來，又快速離去，漏出燃油，以平坦的船腹跳躍。浮油處，多彩閃耀的油衣散開來，在水中晃漾；陽光閃耀的物質一致性可以懷疑，但是人體現形的痕跡無法置疑，他在船跡之後拋棄過剩的燃油，燃燒的碎屑，這是無法同化的殘餘物，混合且增加了環繞他周遭的生命和死亡。

「這是我的居所，」帕洛瑪這麼想：「這不是接受或是拒絕的問題，因爲我只能夠存在於這裡，在這裡頭。」但是，如果地球上生命的命運已經被決定了呢？如果邁向死亡的競賽壓過了任何解救的可能性呢？

波浪前進，它是個孤獨的破壞者，一直前進直到碎裂在岸邊；那裡看來只有沙、碎石、海草和細小的貝殼，海水退潮，露出了散佈著罐頭、花生殼、保險套、死魚、塑膠瓶、壞木屐、注射器、沾染油污的細枝的海岸。

帕洛瑪先生也被摩托艇的波浪抬起，被殘餘物的浪潮掃在一邊，他突然覺得自己像是遇難船的殘骸，像一具在墳場大陸的垃圾海岸翻滾的屍體。如果在這個水陸組成的星球表面，只有死人像玻璃般的眼睛再次張開，這把劍就再也不會閃耀了。

當你想到這裡，這種情境其實並不新鮮：幾百萬個世紀以來，在有能夠感受陽光的眼睛出現以前，太陽就照射在水面上了。

帕洛瑪先生潛游水底，浮上來；那就是太陽之劍！某一天，一隻眼睛浮出海面，這把劍已經在等著它，而且終於能夠展現它的精細、銳利的尖鋒，以及閃爍的壯麗光輝。劍與眼，它們是爲了彼此而存在：也許並非眼睛的誕生誘使劍的誕生，而是反過來，因爲這把劍需要一隻眼睛來觀看它的極致。

帕洛瑪先生想像一個沒有他的世界：在他出生之前的無垠世界，以及他死後的那個更爲模糊的世界；他試圖想像有任何眼睛出現之前的世界；以及一個在明日將會由於災難或緩慢的侵蝕，而被丟棄在後的世界。這世界發生了（已經發生，將會發生）什麼事？一條光箭迅速地從太陽射出，映照在平靜的海面上，隨著水的晃動而閃爍；然後，物質開始可以吸收陽光，分化成爲有生命的組織，然後突然之間，一隻眼睛、許許多多的眼睛，萌發或再度萌發。

此刻，所有的帆船都拉上了岸，最後一個顫抖的泳者──他的名字是帕洛瑪先生──也離開了海水。他已經確信這把劍即使沒有了他，也會存在：最後，他用一條毛巾擦乾身體，回家去了。

1.2帕洛瑪先生在花園裡

1.2.1烏龜之戀

內院裡有兩隻烏龜，一公一母。喀喇！喀喇！牠們的背殼互相碰撞。這是牠們的交配季節。

公龜一路沿著鋪面的邊緣，從旁邊推擠母龜。母龜似乎在抵擋他的攻勢，至少她是以怠惰不動來對抗。公龜比較小，也比較積極，看起來年輕一些。他不斷嘗試從後面攀上她，但是她的後殼陡峭，他一直滑下來。

現在，他一定要成功地到達正確位置：他有規律、有節拍地衝擠；每一回衝撞時，他便發出一聲喘息，幾乎像是哭喊一般。母龜的前脚平貼在地上，使她能夠抬起後半身。公龜用前脚在母龜的殼上搔抓，頸子伸出，嘴張開。這兩隻烏龜的麻煩是牠們找不到支撐；事實上，爪子搆不到任何著力點。

這會兒她逃離了他；她並不是跑得比較快，也不是特別有決心要逃跑：爲了攔住她，他輕咬她的脚，總是咬同一隻。她並不反抗。每回她停下來，公龜都試圖爬到她身上；但她總是超前了一小步，而他翻落了下來。他的那話兒撞擊在地面上。那話兒很長，形狀彎曲，顯然可以讓他搆得著她，然而龜殼的厚度和他們笨拙的姿勢使他們分開。所以，無法得知這些攻勢中有多少達到了目的，或者有多少失敗了，或者有多少只是演戲。

時值夏日；內院光禿禿的，只有角落有株綠色的茉莉。這場求愛就繞著這一小塊草地跑了好多圈，追逐、逃跑，還有使用背殼而非脚爪的小衝突，碰撞產生沉悶的喀喇聲。母龜想要躲到茉莉的莖幹之間；她相信——或者要讓別人相信——她這麼做是要躲藏起來；但事實上這使得公龜可以穩穩當當地攔住她，穩住不動，無路可逃。現在他很可能已經正確地插入了他的那話兒；但是這一回牠們都完全靜止，無聲無息。

這一對交配的烏龜的情感，是帕洛瑪先生所無法想像的。他冷漠地觀察牠們，好像牠們是兩部機器：兩隻設計好交配程式的電子烏龜。如果甲殼或角質鱗片取代了皮膚，愛欲會變成什麼模樣？但是，我們所謂的愛欲，也許只是我們肉體的一組程式，由於記憶從每個皮膚細胞、每個組織分子接受訊息，並且將它們同我們的眼光和想像所誘發的衝動結合起來、擴大增長，因而比較複雜？差別只在於迴路的數目：數十億條線從我們的感覺器延伸出去，連接了感覺的電腦、調節、一個人和另一個之間的連繫……。愛欲是一組在心靈的電子束裡執行的程式，但心靈也是皮膚：皮膚被碰觸、觀看和記憶。然則，包裹在牠們沒有感覺的硬殼裡的烏龜又如何呢？牠們貧乏的感覺刺激也許促使牠們走向一個專注的、強烈的心靈生活，引導牠們朝向水晶般明澈的內在知覺……。也許，烏龜的愛欲遵循了絕對的精神法則，而我們卻是一部我們不知其運作機制的機器的囚徒，經常堵塞不順、熄火失速，在無法控制的自動作用中爆炸……。

烏龜比較理解牠們自己嗎？在十分鐘的交配之後，這兩隻厚殼動物分開了。她在前頭，他在後頭，又開始繞著草地走。現在，公龜離得比較遠；有時候他用腳爪搔抓她的殼，他朝著她爬近一些，但是半信半疑。牠們回到茉莉樹下。他輕咬了她的腳一兩口，總是咬在同樣的地方。

1.2.2 黑鳥的哨音

帕洛瑪先生在某個方面很幸運：他在有許多鳥鳴唱的地方度過夏天。當他坐在一張帆布椅上「工作」時（事實上，他在另一個方面也很幸運：他可以說他在暗示了完全靜養休息的地方和心態下工作；或者，他爲這種累贅所苦：他覺得有責任不能停止工作，即使是在某個八月的早晨躺在樹下也一樣），他周遭枝葉間不見蹤影的鳥兒，表現了呈現最爲多樣繁複聲音的曲目；牠們將他包容在一個不規則、不連續、不整齊的聲音空間裡；不過，感謝這些不同聲音之間所建立的平衡，使得沒有一種聲音在強度和頻率上壓過其他聲音，所有的聲音都交織成爲均勻的構造，不是由和諧，而是由輕巧和明澈組織在一起。直到最熱的時刻，一大群兇猛的昆蟲才宣告牠們絕對支配了空氣的振動，以震耳欲聾且持續不斷的蟬鳴，有系統地充塞了時間與空間的向度。

鳥兒的鳴唱在帕洛瑪先生的聽覺注意力裡，佔取了變動不定的部分。有時候，他忽略這些聲音，當成是基本沉寂狀態的一部分，另外的時候，他沉浸其中，專心分辨不同的歌聲，將它們依照愈趨複雜的程度分類：單響的叫聲；兩音符的顫音（一長一短）；簡短的顫動哨音；咯咯聲，像傾洩而下的音符小瀑布，旋轉而出，然後停止；抑揚轉調的重疊迴轉等等，一直到綿延的啁啾嗚囀。

帕洛瑪先生未能達致粗略的種屬分類：他不是那種聽到一聲鳥叫，就能辨別是什麼鳥的人。這種無知使他心懷愧咎。人類所獲取的新知識，無法彌補只能憑藉口耳相傳的知識，這些知識一旦喪失，就無法再次獲得或傳遞：如果你在小時候能夠運用敏銳的耳目，聽聞和觀看鳥兒的歌聲與飛行，而且找到一個人知道如何給牠們適當的名稱，你就會在孩提時候學到沒有任何一本書可以教導你的東西。帕洛瑪並未潛心於精確的命名和分類，他向來偏好不斷追求音調的抑揚、變化和組成的精確界定。今天，他會做相反的選擇，而且當他跟隨著被鳥兒鳴唱所激起的思想列車之際，他看到他的生活是一連串失去的機會。

在所有鳥兒的鳴叫聲中，黑鳥的哨音特別顯著，不會和其他鳥聲弄混。黑鳥在傍晚到來；有兩隻，應該是一對，也許正是去年的那一對，就是在每年的這個季節到來。每個下午，聽到兩個音符的召喚哨音，像是一個人要通告他的來臨而發出訊號，帕洛瑪先生抬起頭，看看周遭是誰在叫他。然後，他記起來這是黑鳥的時間。他很快地瞥見牠們：牠們在草地上走著，好像牠們眞正的天性是陸行的兩足動物，而且似乎牠們喜歡和人類建立類比關係。

黑鳥的哨音具有如下特性：牠和人類的口哨聲一樣，像某個並不十分擅長吹口哨，但有個好理由吹口哨的人，吹了一次，就這麼一次，不想繼續吹，但當吹口哨時卻下定決心，是謙遜有禮的音調，打算贏得任何聽到的人的寬容。

過了一會兒，哨音重複了——同一隻黑鳥，或者是牠的配偶——但總好像這是牠頭一回吹口哨；如果這是一場對話，那麼每句話語都是經過長久的沉思才發言。但這眞是一場對話嗎？或者每隻黑鳥只是爲自己吹哨音，而非爲了彼此？而且，不論是哪一種情況，這些眞是問題與回答（對吹口哨者或對配偶），或者牠們只是在確認總是相同的事情（黑鳥自己的出現，牠屬於這一種類、這個性別、這個地盤)?也許,這個單字的價值在於被另一隻吹哨音的鳥重複,在於它不會在沉默的間斷時被遺忘。

或者,整個對話是這樣:一隻對另一隻說:「我在這裡。」,而那長久的暫止所添附的意思是「仍然」,就好像是說:「我仍然在這裡,這仍然是我。」如果訊息的意義不是包含在哨音裡,而是包含在暫止裡,那又如何呢?如果黑鳥是在沉默裡彼此說話呢?(在這種情況下,哨音就是一個標點符號,一個像「完畢」的套語。)一段沉默,顯然和另一段沉默一模一樣,可以表達上百種不同的想法;一個哨音也可以這樣。利用保持沉默或是利用哨音來彼此談話,都是可能的;問題在於相互理解。或者,也許沒有人可以理解任何人:每隻黑鳥都相信已經在哨音裡放進了對牠很重要的意義,但是只有牠能理解;另一隻給牠回答,但是和牠所說的沒有關連;那是聾子之間的對話,沒有頭尾的對談。

但是,人類的對話真的有所不同嗎?帕洛瑪太太也在花園裡,替水苦蕒澆水。她說:「牠們在那裡。」,這是句多餘的話(如果這話假設了她的丈夫已經在看著黑鳥),或者是句無法理解的話(如果他沒有看牠們),但是無論如何,她試圖藉此建立她自己觀察黑鳥的優先性(因爲事實上是她首先發現牠們，並且對她的丈夫指出牠們的習性），並且強調牠們忠實的現身，而這她已經報導很多次了。

「噓！」，帕洛瑪先生說，表面上是要防止他太太高聲說話嚇走牠們（這是無用的命令，因爲黑鳥夫婦現在已經習慣了帕洛瑪夫婦的出現和聲音），但實際上是要和妻子的領先地位競爭，展露他對於黑鳥的關心遠勝過她。

然後，帕洛瑪太太說：「又乾了，昨天才澆過而已。」，提到了她正在灌溉的花床土壤，這個溝通本身是不必要的，但是當她繼續說話和改變主題之際，意圖要顯示她比她的丈夫更熟悉黑鳥，因而不以爲意。無論如何，帕洛瑪先生從這些話語裡導引出一幅寧靜的尋常情景，他爲此感謝他的妻子，因爲如果她確認此刻沒有其他更嚴重的事情要他煩心，那麼他就可以繼續投身工作（或者假裝工作或過度工作）。他停擱了一分鐘，然後他也想發送一個令人安心的訊息，告訴他的妻子，他的工作（或低度工作或超度工作）像往常一樣進行著：爲此，他發出一連串歎息和喃喃聲——「……那全部都……彎曲……重複……對，我的脚……」——這些言語總括起來，也傳達了這樣的訊息：「我很忙。」，以免萬一他妻子最後的話裡暗含了一些責備，諸如：「你也應該負責爲花園澆些水。」

這些口頭交談的前提是：一對夫妻之間完美的契合使他們可以不必每件事情都說得既明確又清楚，就可以相互理解；但是，在這對夫妻身上，這個原則以非常不一樣的方式運作著：帕洛瑪太太以完整的句子表達——雖然經常是另有所指或曖昧不清——來考驗她丈夫心靈聯想的敏捷，以及他與她的思想共鳴的程度（這情況不總是發生）；另一方面，帕洛瑪先生從他內在獨白的迷霧裡，浮現出零星連結的聲音，即使沒有產生完整的意義，至少也確定了心境意向的明暗掩映。

帕洛瑪太太卻拒絕接受這些喃喃聲是談話，而且爲了強調她不參與其中，她低聲說話：「噓！……你會嚇到牠們。」，給她先生同樣的噓聲，而這是帕洛瑪先生相信他自己有資格對她發出的，這麼一來，帕洛瑪太太再一次確定了在關心黑鳥的這件事上，她自己的優先性。

帕洛瑪太太記上自己贏了一分之後離開了。黑鳥在草地上啄食，無疑地認爲帕洛瑪夫婦的對話和牠們的哨音一樣。他認爲，我們也可以將自己局限於只吹口哨。在這裡，十分有利於帕洛瑪先生思考的一個前景展開了；對他而言，人類行爲和宇宙其他事物之間的不相符應，總是引人苦惱的根源。現在，人和黑鳥的相同哨音，對他而言宛如橫越深淵的橋樑。

如果人將平常託付給字詞的每件事，都投注在口哨聲中，如果黑鳥也將牠自然狀態中未說出的一切眞相，調入牠的哨音，那麼第一步應該是搭接裂縫……什麼和什麼之間的裂縫？自然和文明？沉默和言語？帕洛瑪先生總是希望沉默包含了比語言所能訴說的還要多些。但是，如果語言正是一切存在事物朝向的目標，那又如何呢？或者，如果一切存在的事物都是語言，而且從時間初始就是如此？此刻帕洛瑪先生又被苦惱糾纏了。

仔細聆聽了黑鳥的哨音之後，他試圖盡可能如實地重複哨音。之後是令人困惑的沉默，好像他的訊息必須謹愼地檢查；然後，又響起了同樣的哨音。帕洛瑪先生不曉得這是不是回答他的哨音，或者，只是證明了他的哨音和黑鳥的如此不同，以致黑鳥一點也不受干擾，繼續牠們的對話，宛如什麼事也沒發生。

牠們繼續吹口哨，詢問他們——他和黑鳥——的困惑。

1.2.3 無垠的草地

帕洛瑪先生的房子周遭有一片草地。這不是天然草地應該存在的地方：所以，這片草地是人造的產物，由自然的產物，也就是草所構成。這片草地的用意是代表自然，而這種表現是要以一種本身是天然的，但在這個地區屬於人造的自然，替代這個地區原來的自然狀態。換言之，它要花錢。這片草地需要開銷和無止盡的勞動：播種、灌溉、施肥、除雜草、割草。

這片草地上有馬蹄金、毒麥和三葉草。這些植物在播種的時候，以相同的份量撒佈在土地上。馬蹄金莖幹矮小，匍匐蔓延，很快就佔了上風：它的柔軟小圓葉如地毯一般蔓生各處，腳踩和眼見都很舒服。但是毒麥的尖銳芽苗，如果它們不會過於稀疏，而且在剪草前不讓它們長得太茂盛的話，能使草地顯得深厚。三葉草的生長不太規則，有些集中在這裡，而別處卻一株也沒有，再過去一些則汪洋一片；在它突然倒下之前，它生長得很茂盛，螺旋狀的葉子會變得頂端沉重，壓彎了柔弱的葉柄。除草機割草的時候，發出震耳欲聾的顫動聲；一股輕淡的鮮草氣味瀰漫空中；剪平的草再次顯露出筆直豎立的幼年形態；但是，刀鋒的齧咬也揭露了不均勻的草地，露出像皮癬一樣的空地，黃色的土地。

要剪成合適的形貌，草地必須是很均勻的一片綠野：這是創造出來的這片草地，依其本性而自然形成的非自然結果。在這裡，一點一點地觀察，你會發現哪裡是水管噴灑不及的地方，哪裡是水不斷流下而使草根腐爛的地方，還有哪裡是仔細調整的灌溉促使雜草叢生的地方。

帕洛瑪先生蹲在草地上，拔除雜草。一顆蒲公英長了鋸齒狀的葉子，交疊成厚厚的一層根基，攀附在地上；如果你用力拉它的莖部，它就應聲而斷，但根部還是深埋土中。你必須用手迴轉一圈，抓住整株植物，小心地將草根從土中拔出，即使你不得不因此連帶拉出了一小塊草泥，以及草地上一些幾乎被它們侵略性的鄰居所窒息的希罕草葉。然後，你必須將這個闖入者丟棄在一個它不能再次扎根或散播種籽的地方。當你開始拔除一株雜草，你立刻會看到不遠之處又出現一株，接著還有另一株，然後又是另一株。這片延伸的草地看起來如此平滑，只需要輕觸幾下，一瞬之間就成了無法無天的叢林。

只要清除雜草嗎？更糟的是：有害的草和好的草濃密地交雜在一起，所以你不能就這樣抓住拔起。在播種的草和野草之間，好像建立了一種共謀，鬆懈了由於出身不同而形成的障礙，那是一種順服墮落的寬容。有些自行生長的草類，就它們本身而論，外表看起來一點也不邪惡或陰險。爲什麼不接納它們進入有權利屬於草地的那些草群，將它們容納進入培育的植物社群呢？這是一條導向忘卻「英國風格的草地」，回到「粗野草地」的道路，任由它自己繁衍。「早晚我們必須下定決心，並且接受它」，帕洛瑪先生這麼想，但是，他覺得這背叛了他的禮儀慣例。一顆菊苣，一株琉璃苣屬的植物進入他的視野。他拔掉它們。

當然，這邊一棵、那邊一株地拔除雜草，不能解決事情。他想，應該要這麼做——認定一塊一公尺見方的草地，然後除了三葉草、毒麥，或馬蹄金，清除一切最微細的雜草。然後，移到下一塊方地。不，也許不要這麼做：也許應該留在原來那塊方地。數一數那裡有多少草葉，有什麼種類，有多麼濃密，以及如何分佈。根據這種計算，你對這片草地就有了統計學的知識，一旦有了統計……

但是，數草葉是徒勞無功的：你永遠不知道數目有多少。一片草地並沒有確切的邊界：，有一條草停止生長的界線，但是有少許零星的草葉在外頭萌芽，然後就長成一塊緻密的草皮，然後又稀疏地向外延生：它們還算不算是草地的一部分呢？在其他地方，矮樹叢侵入了草地，你分不清楚哪裡是草地，哪裡是灌木叢。但是，即使是在除了草以外，沒有其他東西的地方，你永遠也不知道應該在哪一點停止計算：在一株小植物和另一株之間，總是有幼小的、剛萌發的葉片鑽出土壤，它的根是泛白的一小束，幾乎看不到；一會兒之前，它可能被忽略了，但是很快地，它也要列入計算。同時，另外兩株分脈剛剛顯得有一點點淡黃色，這時已經確定枯萎了，而必須從數目中除去。然後，還有那些剪成一半、或修剪成貼在地面、或沿著葉脈裂開的草葉，斷落了一片葉的小草……。小數加起來不會成爲整數：它們還是微小的草的劫後遺跡，有一部分還活著，有一部分成了草漿，成爲其他植物的食料，成了腐植土……。

草地是草的集合——問題必須要這麼陳述——包含了培育的草的子集合，以及被視爲雜草的、自然生長的草的子集合；這兩個子集合的交集，由那些自然生長但屬於培育的草種，因而無法區分出來的草所構成。這兩個子集合各別包含了不同的種屬，每一種又是一個子集合；或者，這個集合包含了由它自己的成員，亦即草地的成員所構成的子集合，以及不屬於這片草地的成員的子集合。一陣風吹來，草籽和花粉紛飛，集合之間的關係被打亂了……。

帕洛瑪先生已經轉移到了另一列思想列車：「草地」就是我們所見到的東西，或者我們看到的是一株草加一株草加一株草……？我們所謂的「看見草地」，只是我們粗糙草率的感官的效果；一個集合之所以存在，是因爲它由分別的元素所組成。數它們沒有什麼用，數目並不重要；重要的是每一眼要掌握住一株小植物，一個接一個，掌握它們的個別性和差異。而且不能只是看著它們，要思考它們。不要思考「草地」，而要想著有兩片三葉草葉片的莖幹，想著披針形的、有一點隆起的葉片，想著那精巧的繖房花序……。

帕洛瑪先生的心神遠遊，他停止拔草。他不再想著草地：他想到了宇宙。他試圖將他關於草地的一切思考，都應用到宇宙上。宇宙是有規則和秩序的寰宇，或是混亂的分裂增殖。宇宙也許是有限但不可數的，在邊界之內騷動不安，在自身之中揭顯了其他宇宙。宇宙，乃是星體、星雲、微塵、力場的集合，力場的交集，集合的集合……

1.3 帕洛瑪先生觀看天象

1.3.1 午後的月亮

沒有人觀看午後的月亮，但這正是月亮最需要我們細心關注的時刻，因爲它的存在與否尚有疑問。它是個蒼白的陰影，從灑佈著陽光的蔚藍天空浮顯出來；有誰能夠向我們保證，它會再度成形，發散光輝？它是如此脆弱、蒼白和纖細；它只有一邊開始有了明晰的輪廓，像是鐮刀的弧形，其餘部分都還浸漬在青空裡。它像是透明的威化餅，或是一個溶了一半的香錠；只有在這一邊，這個白色的圓圈不是正在解離，而是正在凝聚，集聚自身的同時，侵吞了藍灰色的團塊和陰影，那些可能是月亮的地理形貌的一部分，或者可能是天空的溢流，依然浸泡著這個像海綿一般有孔洞的衛星。

在這個階段，天空依然十分緊密與具體，你無法確定這個圓而蒼白的形體，可以從天空緊緻、沒有間隙的表面分離出來；它的堅實程度只不過比浮雲多一點點，或者，它是基本紋理上的腐蝕，是蒼穹的一個裂口，是朝向後頭的空虛開啓的隙縫。正在成形的那一邊，樣子不太規則（落日的光芒朝這邊映射過來），另一邊則一直在某種半影中徘徊，這益發增加了不確定性。由於這兩個區域之間的界線不清楚，所以其結果不是視野之中的一個固體，而是像月曆上畫的那種月亮，白色的輪廓圈圍在一個暗黑的小圓裡。如果這不是一個滿月或近乎滿月，而只是上弦月，那麼這就沒有什麼好爭辯的。事實上，隨著它與天空的對比逐漸明顯，其圓周的輪廓也越來越清晰，只是在東邊有一些缺口，顯示它確實是近乎滿月。

天空的藍色漸次地轉變爲長春花、紫羅蘭的藍紫色（太陽光變成了紅色），然後轉暗成爲灰色，月亮的潔白也隨之逐漸顯明而確定，在裡頭，比較光亮的部分越來越大，直到涵蓋了整個圓盤。好像月亮在一個月裡所經歷的階段，在這個滿月或凸圓月的昇起與沉落間的幾個小時裡，都包含在內了，差別只在於整個過程裡多少都看得到圓形。在圓圈的中心，斑點還在——事實上，由於其餘部分光輝明亮，它們的明暗對照益發淸楚——但是，現在毫無疑問的是月亮承載了這些斑點，就像是汚點或瘀傷一樣，它們再也不會被當成是透明的天空背景，是一個沒有形體的幽魂月亮的外衣裂縫。

可是，依然不能確定的是這種顯明和光亮，是由於天空緩慢地撤退了，越來越深地沉入了黑暗之中而離去，或者，相反地，是月亮向前浮現，將先前四散的光亮集聚起來，剝奪了天空的光輝，將光全部集中到月亮的圓嘴上。

面對這些變化，我們格外不能忘記在這段時間裡，這顆衛星也在天空中移動，向西方和上方移動。在看得見的宇宙裡，月亮是最爲多變的星體，而其複雜的習性也最規律：它在約定的時刻從來不會爽約，你總是能夠在約定的地點等它；但是，如果你在某地離它而去，你總是可以在另一個地方看到它，如果你記起它的面容有某種轉變，你會看到它已經或多或少改變了姿態。無論如何，緊緊追隨它，你也不會發現它正不知不覺地躲避著你。只有雲影的打擾，才產生了快速前進和變形的幻覺，或者，生動地強調了眼睛本來察覺不到的景象。

浮雲紛飛；起初是灰色，後來漸漸變成乳白而發亮，後面的天空轉爲黑色，已經入夜，星光閃爍，月亮是個巨大、眩目的飛行鏡子。有誰能夠從這個月亮裡，辨認出幾個小時前的月亮呢？現在，它是一個光輝之湖，光芒四洩，在黑暗裡鑲上了一個銀冷的光圈，以皎潔的亮光淹沒了夜行者的街道。

無疑地，開展眼前的是一個光輝燦爛的滿月冬夜。在這個時刻，帕洛瑪先生確定月亮不再需要他，便回家去了。

1.3.2 眼睛與行星

當帕洛瑪先生得知今年四月一整個月裡，裸眼（甚至是他近視兼散光的眼睛）看得見的三顆「外」行星，正好「對望」，而且整夜都看得見，他便急忙跑到陽台上。

因爲是滿月，天空非常明亮。火星雖然靠近了白光滿盈的巨大月鏡，還是藉其堅定的光芒執拗地前進，它濃厚、集中的黃色，和穹蒼裡的其他黃色如此不同，以致最後我們同意應該稱之爲紅色，而且在有所感悟的時刻裡，眞的看到它是紅色。

將目光往下移，朝向東方沿著一條連結了獅子座第一星和處女座第一星的想像弧線（但處女座第一星幾乎看不見），你會見到十分顯著的土星，發散著白冷的光芒，再往下方一些是木星，在它最爲燦麗的時刻，是帶點綠色的亮麗黃色。除了大角星在東邊高一些的地方，以一種傲慢的姿態散發光芒，周遭其他的星星都暗淡無光。

要最完整地享受三行星對望的樂趣，一定要有望遠鏡。也許是因爲他和著名的星象觀察家同名，帕洛瑪先生可以在天文學家間誇言而得到友誼，他被允許將鼻子貼在直徑十五公分望遠鏡的接目鏡旁。對科學研究而論，這個望遠鏡相當小，但是比起他的眼鏡，那就大有不同了。

舉例來說，比起裸眼所見，火星在望遠鏡裡就是個令人更加困惑的行星：它看起來像是有許多東西要傳達，但是只能將其中一小部分置入焦點，就好像一場結結巴巴、咳嗽連連的演講。一個暗紅色的光圈突出在邊緣；你可以試著調整旋鈕來收攏它，注意到下極的冰層；斑點在表面上像雲或雲的裂口那樣浮現與消失；有一片穩定下來，形狀和位置都像澳洲，而且帕洛瑪先生相信他看那塊澳洲越清楚，鏡頭的焦距越準；但是在此同時，他發覺他失去了他認爲他看到了，或是覺得有義務要看到的東西的影像。

換句話說，在他看來，如果自從斯齊亞普萊里（Schiaparelli）❶的時代以來，火星就是牽連了許多事物的行星，產生了交互出現的幻覺與失望；這個事實正好和同這個行星建立關係的困難度相符，有如和一個性格難以共處的人建立關係一樣。（除非這些難以共處的性格都是帕洛瑪先生的性情：他徒勞地企圖躲藏在星體之中，藉以逃避主觀性。）

他和土星所建立的關係卻完全相反，對透過望遠鏡看土星的人而言，這是最令人興奮的行星：它在那裡，非常清晰、皎潔，星球的輪廓和外環十分精確；星球上標記了模糊的斑馬條紋；暗色的圓周區別出外環的邊緣。這個望遠鏡幾乎沒有顯現任何其他細節，並且加強了這個物體在幾何學上的抽象性；一種極端差異的感受並未減少，反而是比起用肉眼觀看時更爲顯著。

想到有一個如此與衆不同的星球，具有最大的怪異和最大的簡單、規律與諧和，在天空中運轉，那眞是令人雀躍。

「如果古人能夠看到我現在所見到的，」帕洛瑪先生想，「他們就會認為他們的目光投射進入了柏拉圖的觀念天堂，或是進入了歐幾里德所假設的非物質空間；不過，感謝某種錯誤指引，這種景象是呈現在我眼前，我很害怕這太美麗了，不像眞的，太契合我想像中的宇宙，而不屬於眞實世界。但是，也許就是這種對我們感官的不信任，使我們在這個宇宙中無法感到自在。也許，我應該遵守的第一條規則是：堅持我的所見。」

現在，他覺得外環稍微偏斜了一些，或者說，是這個位居外環之中的行星偏斜了，而且兩者都在原地旋轉。事實上，那是帕洛瑪先生的頭偏斜了，他努力扭轉脖子，讓眼睛貼近望遠鏡的接目鏡；但是他很謹愼地不去私下否認這個幻象，因為它與帕洛瑪先生的期待相符，正如它符合自然的眞理一般。

土星眞是這個模樣。自從航海家二號的探險以來，帕洛瑪先生閱讀了有關這些光環的所有文獻：它們由顯微鏡才看得到的粒子構成；它們由無底深淵所隔開的鵝卵石般的冰塊構成；隔開光環的是衛星繞轉的輪溝，衛星將物質掃到一邊，堆積在兩旁，像牧羊犬圍著羊群奔跑，讓羊群不要散掉。他讀到了新的發現，指出互相纏繞的光環只不過是更為細小的圓圈；

以及像輪輻般排列的不透明條紋，後來辨認出其實是冰雲。但是，新資訊並未否定基本的形貌，和一六七六年吉安・多明尼柯・卡西尼（Gian Domenico Cassini）第一次見到它時沒有不同，他當時發現了以他為名的光環之間的區隔。

這個時候，像帕洛瑪先生這樣謹慎的人，自然會去參考百科全書和各種手冊。現在，土星這個永遠新鮮的星球，呈現在他的眼前，仍然像首次被發現時那樣令人驚奇，也激發他為伽利略感到惋惜：由於伽利略使用的單管望遠鏡倍數太低，只能夠從中擬想出模糊的印象，因而假想土星是個三元體，亦即是個圓球帶著兩個把手，等到他快要理解土星的構成時，他的視力卻壞了，一切都陡然陷入黑暗。

盯視一個發光體太久，會造成視力疲乏；帕洛瑪先生閉上眼睛；他接著觀看木星。

在木星龐大但不顯得沉重的量體上，呈現了兩條赤道帶，宛如淡藍綠色的刺繡圍巾。劇烈的大氣風暴的影響，被轉換成為平靜、有秩序的圖樣，具有十分精巧的構圖。不過，這顆豪華行星的真正勝景是它那些明亮閃爍的衛星，總共四顆目前都在視線中，沿著一條斜線排列，有如鑲嵌了閃耀寶石的權杖。

伽利略發現了這四顆衛星，將它們命名爲「麥迪奇之星」（Medicea sidera），但稍後一位荷蘭天文學家以奧維德（Ovid）❷用過的名稱——艾奧（Io）、歐羅巴（Europa）、加尼梅德（Ganymede）、卡里斯托（Callisto）——爲它們重新命名。木星的小衛星似乎散發著新柏拉圖主義式文藝復興的最後光芒，好像它們並未察覺由於它們的被發現，天體鎮定漠然的秩序已經瓦解了。

一種古典文雅的夢想覆蓋著木星：帕洛瑪先生透過望遠鏡注視著木星，等待某種奧林帕斯山的化身❸。但他無法使眼前的影像保持清晰：他必須閉一下眼睛，讓暈眩的瞳孔能夠再度準確地感知輪廓、色澤和光影，同時讓他的想像脫掉借來的外衣，拋棄書本知識的外貌。雖然在視力虛弱之際，想像確實應施以援助，但想像必須有如啓發它的目光一般立即而直接。這時他馬上想到，又由於不恰當而放棄的譬喻是什麼呢？在他的眼裡，木星像深海裡散發著冷光、帶有條紋的圓形海魚般悠游擺動，排成一列的衛星則是從鰓邊升起的氣泡……。

第二天夜裡，帕洛瑪先生又來到他的陽台上，用裸眼觀看行星。這樣看有很大的差別，他不得不牢記行星、散佈在四周黑暗夜空裡的其他星體，以及正在觀看的他自己，這三者之間的比例。如果這是在望遠鏡裡調好焦距，等待觀察的單獨行星對象，和身爲觀看主體的他自己之間的關係，並在假想的面對面情境中觀看，那就不會有這個問題。在此同時，由於他還記得昨夜看到的各個行星的細部樣貌，總想把這些樣貌塞入穿透夜空的微小光點裡。他希望能夠以這種方式眞正地掌握行星，至少是掌握到一隻眼睛所能夠納入的行星部分。

I.3.3 星的沉思

當美麗的星夜降臨時，帕洛瑪先生會說：「我應該出去看星星。」他就是這麼說的——「我應該」——因爲他討厭浪費，而且他深信浪費了可以任意觀賞的大量星辰，是一件錯誤。他說「我應該」，也是因爲他對於如何觀察星象的實際知識非常淺薄，而這個簡單的行爲，總是耗費他很大力氣。

第一個難題是要找到一個地方，讓他的目光可以在整個穹蒼裡自由移動而沒有障礙或是光害：例如非常低矮的寂靜海灘。

另一個必要的條件是隨身攜帶一張星圖，否則他就不知道自己觀看的是什麼東西；但帕洛瑪先生經常忘記應該如何擺放星圖的位置，而且使用前得先花上半小時研究。要在黑暗中解讀星圖，他還必須攜帶手電筒。爲了經常要查對天空與星圖，他必須不斷地忽開忽關手電筒，而從光亮進入黑暗的過程裡，他幾乎看不見東西，每次都要重新調整視力。

如果帕洛瑪先生使用望遠鏡，那麼事情在某些方面就會變得比較複雜，而在其他方面則變得簡單；但目前使他感興趣的天空經驗，是用裸眼觀看的經驗，就像古代航海家和游牧的牧羊人一樣。對他這個近視者而言，所謂的裸眼就是戴著眼鏡；由於他研究星圖時要移開眼鏡，將眼鏡推上額頭再挪移下來的過程，就使得操作更形複雜，要等上幾秒鐘，才能讓他的水晶體對準空中的眞實星星或圖上印刷的星星的焦聚。星圖上的星辰名稱，是以黑字標示在藍色背景上，他必須將手電筒貼近星圖，才能看得清楚。當他抬眼看著天空時，只見天空一片漆黑，散佈著一些模糊不清的光點；要等一會兒，星星才會逐漸變得清晰，有了明確的形狀，而且他看得越久，他見到的星星就會越多。

此外，帕洛瑪先生必須參考的天文圖共有兩張，或者應該說有四張：一張是非常概略的本月星圖，分別繪製了南天與北天的星象；另一張是比較詳盡的整個天空的星圖，將沿著地平線周圍的中天一整年裡的星座，都顯示在一幅長條狀圖裡，北極星周圍的天空則單獨繪製在另一幅圓形圖裡。換句話說，爲了確定某顆星的位置，就涉及了對照各種星圖與天空，以及所有相關的動作：戴上或拿下眼鏡，打開或關上手電筒，攤開或折起星圖，失去或重新發現參考點等。

帕洛瑪先生上回觀看星辰至今，已經過了好幾個星期，或者是好幾個月；星空已經完全改變了；大熊星座（現在是八月）伸展開來，幾乎是平躺了下來，分佈在西北方的樹梢；牧夫座陡然落向山丘的邊緣，背後拖著整串的北斗七星；織女星獨自高掛在正西方；位居海上的那顆是牛郎星；高懸天頂的則是天津四（Deneb），散發出一道寒光。

今夜天空裡的星星似乎遠比任何星圖還要多。星座的圖形架構在實際的天空裡顯得更爲複雜，而且比較不具獨特性；每一群星星都可能包含你所尋找的三角形或是虛線；而且每回你抬眼觀察某個星座，看來都會有點不一樣。

要辨認出一個星座，最關鍵性的證據是看看在你呼喚它時，它會如何應答。比起和星圖上標示的距離與形狀參照配對，更令人信服的是那個閃亮光點對於它被稱呼的名字的回應，看它是否迅速地回覆了那個聲音，並且與之融成一體。對於我們這些不懂得任何神話的人來說，星辰的名稱簡直是前後矛盾又毫無章法；但你又絕不能認為這些星星可以彼此互換。當帕洛瑪先生找到的星辰名稱正確時，他馬上就會發覺它，因為名稱賦予那顆星星存在的必要性，給它以前缺乏的醒目特徵；另一方面，如果名稱不對，這顆星星在幾秒鐘後就會消失，宛如一聳肩便抖落不見，你就再也不知道它在何處，以及它的名稱了。

帕洛瑪先生有幾次確定了巨蛇座方向的這團或那團光芒是貝瑞尼絲彗星（Berenice's Hair）（這是他喜愛的星座），卻感覺不到以往幾回辨認出這個華麗又輕巧的星體時的悸動。後來他才明白，他不可能找到貝瑞尼絲慧星，因為在這個季節裡看不到它。

大部分的天空裡分佈著光亮的條紋與斑塊；在八月裡，銀河非常厚實濃密，你甚至可以說銀河就要滿溢過河床了；由於黑暗與光亮的部分充分地混雜在一起，使我們不會將它看成是一條空盪遙遠的黑色深淵，星星則由於與之對比而浮顯出來；一切事物都坐落在同一個平面：不論是閃耀的星辰，或是銀色的星雲，或是陰影。

天空的幾何形狀難道就是如此嗎？由於帕洛瑪先生試圖讓自己脫離地球這個過度複雜，又十分混亂模糊的地方，便經常覺得有瞻望天空的需要。但當他發覺自己眞的置身於繁星夜空時，每件事物似乎都遠離他，脫逸而去。即使是他認爲自己最爲敏感的面向，亦即我們世界的微渺對照於宇宙的廣闊距離，也未能直接呈現出來。天體就位居上方，你可以見到它的存在，卻無法從中推導出向度與距離的觀念。

如果發光的星體充滿了不確定性，那麼唯一的解答是讓自己信任黑暗，相信天空裡的荒涼區域。有什麼東西能夠比虛無還要穩定呢？但即使我們面對虛無，也無法有百分之百的肯定。帕洛瑪先生在星空裡看見一塊空缺、一個裂縫，既空蕩又黑暗，他便專注地觀看，好像要將自己投身其中；但即使在這種地方，一會兒之後，也有些較亮的粒子開始成形，變成一小塊光斑或光點；但他無法確定那兒眞的有些亮點，或者他只是覺得自己看到了。也許，這像是我們閉上眼睛時看到的那種旋繞的亮光（黑暗的天空有如眼皮，佈滿了燐光的溝畦）；也許，那是他眼鏡的反光；但也有可能是一顆從宇宙最深處浮顯出來的未知星球。

帕洛瑪先生認爲，用這種方式觀看星辰，得到的是不穩定而互相矛盾的知識，與古人利用這種方法觀察星象得到的知識完全相反。這是因爲他與天空的關係斷斷續續且過於激動，而非養成一種平靜祥和的觀察習慣嗎？如果他強迫自己夜復一夜、年復一年地觀想星座，追隨它們的行進，以及它們沿著黑暗穹蒼中彎曲軌道的往復迴繞，他最終是否也能夠獲得一種連續而不變的時間概念，與地球事件易變而片斷的時間區隔開來？或者，這裡需要的是一種特殊的內在革命，而他只能夠在理論上假設有這種革命，卻無法想像它能對自己的情緒及心靈韻律，產生何種可以感知的效應。

從關於星辰的神話裡，他只挑取了發出疲弱微光的部分，亦即關於星球的科學知識，它們的回聲在報章雜誌上喧鬧不已。他不相信已經知道的東西；他不知道的事物又使他一直處於精神緊張的狀態。他感到抑鬱、不安，焦慮地翻看星象圖，有如來回翻閱火車時刻表，找尋轉乘的地點。

那裡，一道閃亮的光箭劃開了天空。是一顆流星嗎？這是最常目睹流星劃過的夜晚。但那也很可能只是一架燈光閃耀的客機。帕洛瑪先生的目光依然保持警覺，時時預備著，拋開了一切定見。

他坐在一張折疊躺椅上，待在漆黑的海灘已經一個小時了，他扭轉頭望望南天，又看看北方，不時地打開手電筒，將攤開在膝上的星圖拿起來移向鼻前；然後，又抬起脖子，從北極星那裡出發，再度開始他的探索。

一些靜默的身影在沙灘上移動：一對戀人從沙丘上站起身來，還有一位漁夫、一位海關人員、一位船夫。帕洛瑪先生聽見了一陣耳語聲。他抬頭望四周瞧瞧；離他幾步之遙，聚集了一小群人，觀察他那有如瘋子般抽搐痙攣的動作。

---

❶斯齊亞普萊里（Glovanni Virginio Schiaparelli, 1835-1910）爲義大利天文學家。

❷奧維德（Ovid, 43 B.C.-A.D.18）爲羅馬詩人，著有敘事詩《變形記》（Metamorphoses）十五卷。

❸「木星」西洋名爲朱比特（Jupiter），乃羅馬神話的主神，等同於希臘神話中居住於奧林帕斯山的宙斯（Zeus）。

2

帕洛瑪先生在城市裡

2.1 帕洛瑪先生在陽台上

2.1.1 在陽台上

咻伊！咻伊！——帕洛瑪先生奔向陽台驅趕鴿子。牠們在陽台上吃南非菊的葉，以尖喙將多汁植物啄得千瘡百孔，用爪攀附在層疊如瀑的牽牛花上，啄食黑莓果，一葉葉吞食著種在廚房邊木箱裡的荷蘭芹，在花盆裡挖掘翻動，撥灑泥土，掘出根莖，彷彿牠們飛來的意圖就是要破壞。飛翔的群鴿曾經替城市廣場帶來喜悅，牠們的後代卻墮落了，骯髒且沾染惡習。牠們既非家養，亦非野生，而是公共建築的一部分，也因此無可消滅。羅馬的天空早已被這些長滿羽毛的過剩游民控制，牠們造成此地其他鳥類謀生困難，並以牠們那單調的、脫落的鉛灰色羽衣，壓制了曾經自由多樣的天空國度。

古城羅馬陷身於地底鼠群與難以忍受的鴿群飛翔之間，卻容許自己被上下夾攻侵蝕，作出的抵抗還不如當年抵擋蠻族入侵時努力，彷彿它認爲這並不是外來敵人的攻擊，而是源自內在本質最黑暗的天生衝動。

羅馬城還有另一個靈魂——與其他許多靈魂並列——居住在老舊建築物與常新植物的和諧之間，分享著陽光的恩惠。帕洛瑪家的陽台是屋頂上的秘密小島，夢想在棚架底下匯集巴比倫花園中的一切奢華，護衛著這種良善的環境態度或場所精神（genius loci）。

陽台上繁茂的花木，對應了每位家庭成員的願望。帕洛瑪夫人自然地將她對於個別事物的關心，延伸到花木上，透過自己內心的認同來挑選和保有，並因此構成了豐富多樣組合的一部分，成爲一套獨具風格的收集品；但家裡其他成員缺少這種精神向度。在女兒那裡，這是因爲青春無法且不該固著侷限於此地，只能夠前進，位居他處彼方；丈夫不具備這種精神，則是因爲他過晚擺脫年少的性急，過晚了解到（只是在理論上）救贖的出路只有一條，那就是關切此時此地的事物。

耕種者關心的是具體的植物，是在幾點至幾點間受到陽光曝曬的那塊土地，是必須要以特定方法及時治療的特殊葉病；這與由工業程序產製，依照一般法則和原型來作決定的心靈大異其趣。當帕洛瑪先生終於明白，自己原來以為可以找到精確與普遍規範的世界，其判準竟如此疏略且注定導致錯誤，他便逐漸轉而直接觀察那些看得見的事物；但這時他的想法早已定型：他與事物的連繫依舊是斷續而不穩定的，似乎總是會聯想到其他事物，而這些其他事物根本不存在。他對陽台繁茂花木的貢獻，只是三不五時地跑出去嚇走鴿子——咻伊！咻伊！——喚醒自己心裡隔代遺傳保衛領地的責任感。

如果是鴿子以外的鳥兒飛臨陽台，帕洛瑪先生不但不會驅趕牠們，還歡迎牠們，對鳥喙可能造成的破壞，也睜隻眼閉隻眼，把牠們當作是友善神靈派來的使者。但牠們十分罕見。有時一群巡繞的烏鴉飛近，爲天空帶來黑色的斑點，並且散播生趣與歡樂的感覺（諸神的語言也隨著時代改變）。有時飛過一隻偶見的黑鶇（blackbird），溫文又聰明；有一回飛來一隻知更鳥；還有麻雀以其一貫的無名過客面貌出現。其他鳥類則在城市的高空飛翔，讓人老遠就能發現：秋天列隊遷徙的候鳥，以及夏季從事飛行特技的燕子和毛腳燕（house martin）。有時白海鷗用它們的長翅膀划動氣流，深入到乾燥的屋瓦之海上空，也許是從河口沿著彎繞的河道飛行時迷失了方向，也許牠們正在進行旅行結婚；牠們的海洋呼喚在城市的各種噪音中拔尖而起。

這座陽台有兩個層次：一個涼廊，或稱瞭望台，君臨著底下屋簷的喧囂，帕洛瑪先生便站在這陽台上鳥瞰。他試圖想像在鳥兒眼裡，世界會是什麼模樣。鳥兒和他不同，底下有著開闊的虛空，但牠們也許從來不往下看，只觀看兩側，憑著雙翼偏斜地在空中翱翔，而牠們的目光和他的一樣，不論轉向哪裡，遇到的都只是高高低低的屋頂，高些或矮些的建築物，而且密密麻麻，使他只能夠看到這些屋頂。帕洛瑪先生由其他經驗知道，在那底下還圈圍著街道和廣場，而真正的地面是在底樓；在這個時刻，帕洛瑪先生由高處所見到的情景，並不會使他對此產生懷疑。

這座城市的真正外貌是這些高低起伏——或新或舊的屋瓦，傾斜或平坦的屋頂，纖細或矮胖的煙囪，草編的涼亭與波浪鐵板搭的頂棚，扶手，迴欄，支撐花盆的矮圓柱，鐵製貯水箱，老虎窗，玻璃天窗，還有高升越過一切的電視天線設備，有的直立、有的歪斜，有些光亮、有些生銹，展示了連續好幾代的產品，有各式各樣的分岔、犄角，以及遮蔽物，但都像骷髏那般細弱，而且像圖騰那樣令人畏懼。貧苦人家的陽台拉上了晾衣繩，錫罐裡種著蕃茄，而富裕人家陽台的木製格子牆上攀爬著圍籬植物，擺放了白漆鑄鐵的庭園桌椅，還有雨棚，貧富兩方隔著不規則的曲折空間直接相對；鐘樓裡鐘聲鳴響；公共建築的立面，有些只見到側影，有些露出整個正面；各種形式的頂棚和閣樓，是違章非法但未受處分的構造物；正在施工或完成一半棄置的建築工地鷹架；裝上了窗簾的大窗戶，還有廁所的小窗戶；赭黃色和深褐色的牆壁，以及長滿青苔的牆壁，由縫隙裡竄出一叢叢枝葉晃漾的雜草；電梯間；雙層或三層直櫺窗的塔式建築；立著聖母塑像的教堂尖頂；馬與戰車的雕像；頹圮淪爲陋屋的豪宅，陋屋又改建成爲時髦的單身公寓；還有襯著天際在每個方向遠近都有，描繪出圓形輪廓的圓頂，彷彿是要證實這座城市的女性高貴本質：隨著時間與光線的不同，這些白色或粉紅色或紫色的圓頂，顯露出葉脈般的紋理，而其他較小圓頂尖端的天窗，則有如冠冕一般四周環繞。

徒步或乘車在城市鋪面上來往的人，看不到這一切。相反地，從上面往下看，得到的印象卻是地球的眞正外殼就是這個模樣，不平坦但堅實，即使上面分佈著深不見底的溝縫，以及邊緣看來像松果鱗片般重疊的斷層，或深井，或火山口；你甚至不會尋思，底下的深處隱藏著些什麼，因爲你所見到的表面已經如此廣大、豐富而多樣，足夠在你的心靈裡塡滿各種訊息和意義，甚而滿溢出來。

鳥兒就是這樣思考，起碼帕洛瑪先生假想自己是隻鳥時，便是這麼思考。他得到的結論是：「唯有認識了事物的外表，你才能夠進一步探索底層有些什麼。但事物的外表卻無可窮盡。」

2.1.2 壁虎的肚子

和每年夏季一樣，這隻壁虎又回到陽台上活動了。帕洛瑪先生可以從一個特別的觀察點，由下方觀看這隻壁虎，而不像我們平常看壁虎、樹蛙和蜥蜴那樣，是由上往下看。帕洛瑪家的客廳裡，有個開向陽台的小櫥窗和展示櫃；展示櫃的架上，陳列著新藝術風格的花瓶收藏品；到了晚上，一盞七十五瓦的燈泡照亮了這些物品。有株藍茉莉沿著牆延伸它的淡藍色花朵，正靠著外側的玻璃。每天晚上開燈的時候，棲居在藍茉莉花牆上的這隻壁虎，便爬到玻璃上來，停在燈泡的光暈裡絲毫不動，就像陽光底下的蜥蜴那樣。燈光也吸引了蚊蚋在附近飛舞；如果有隻小蚊進入範圍，這隻爬蟲就把牠一口吞了。

每天晚上，帕洛瑪先生和夫人最後都會將椅子從電視機前移到玻璃邊；他們從房間內觀看，注視著這隻爬蟲襯著黑暗背景的白色腹部。有時他們也會猶豫不決，不知道是要看電視好，還是該看壁虎；不論是電視還是壁虎，這兩種景象都可以提供他們對方無法傳達的訊息。電視的範圍廣及各大陸，匯集了描繪事物之可見表面的光亮刺激；另一方面，壁虎代表靜止的專注及隱藏的一面，是展示給眼睛觀看的那面的反面。

最不尋常的是壁虎的腳爪，簡直就是有柔軟指節的手，全都是肉趾，壓在玻璃上，用細微的吸盤附著在上頭；牠的五隻腳趾像是兒童畫裡的小花瓣般伸展出去，當一隻腳移動時，腳趾像花一般閉合起來，然後再次展開，在玻璃上攤平，留下細小的條紋，有如指紋一般。

這些腳爪既細緻又強壯，似乎具備有潛在的智能，只要擺脫了吸附在垂直平面上的任務，就能夠擁有人類雙手的天賦；而據說人類的雙手正是不再需要攀附樹枝或貼附地面之後，才變得非常靈巧。

牠的四肢彎曲，腳看起來比較不像是有膝蓋，反而像是手肘，富有彈性地撐起身軀。牠的尾巴部分只有一條中心線是貼在玻璃上，並由中心線展開從一邊繞向另一邊的環紋，使它成爲一件堅強而保護完善的工具。大部分時候，壁虎的尾巴無精打采，懶散閒置，除了充當輔助性的支撐外，它似乎也無天份或雄心（不像蜥蜴尾巴那樣擁有編舞家般的敏捷）；但是在需要的時候，它也證實能夠協調得很好，隨時準備反應，甚至具有表現性。

在頭部，看得見不停顫動的寬闊咽喉，以及那突起沒有眼瞼的眼睛。牠的喉嚨是個柔軟的袋子，從堅硬佈滿鱗片像鱷魚的下顎尖端，一直延伸到白色的腹部；腹部貼在玻璃上，也長滿了顆粒狀，也許帶些黏性的斑點。

當蚊蚋飛經壁虎喉嚨附近時，牠的舌頭迅即揮出又捲入，既迅速又柔軟，而且富有勁道，卻沒有什麼形狀，或者說可以變成任何形狀。無論如何，帕洛瑪先生永遠無法確知自己有沒有看見壁虎的舌頭；但他確實看到的是，現在那隻蚊蚋在壁虎的咽喉裡：貼伏在燈光照亮的玻璃上的胃部，好像被X光照射一樣透明可見；獵物被臟腑吞食的整個過程裡，都可以到見牠的形狀。

如果一切物質——支撐我們的土地，包裹我們身體的皮膚——都是透明的，那麼我們見到的絕非不停拍動、難以觸知的薄翼，而是磨碎和消化的地獄。也許，此刻位於地心的冥王，正從底下以能夠穿透花崗岩的目光注視著我們；依循著生死的輪迴，被撕裂的犧牲者正在牠們的吞食者腸胃裡分解，直至輪到這個吞食者被另一個胃所吞噬。

壁虎待在那兒幾個小時，動也不動；偶爾啪地揮出舌頭，吞嚥一隻蚊子或蚊蚋。然而其他昆蟲，和先前的蚊蚋一般，毫無所覺地停落在壁虎嘴邊幾毫米的地方，牠卻對牠們視而不見。是壁虎分長在頭部兩邊眼睛裡的垂直瞳孔看不見牠們嗎？還是壁虎有牠自己擇食與否的標準，只是我們不知道？還是牠的行爲純屬隨機，全憑一時興致呢？

壁虎的四肢和尾巴上長有圈環，頭部和腹部的甲皮滿佈微粒斑點，這一切使牠在外表上像個機械裝置：這是一部十分精密的機器，每個極微細節都經過仔細研究，因此你不禁會懷疑，既然牠的動作如此有限，這麼完美的精心製作是否過於浪費？或者，這正是奧秘所在：安份守己，將作爲減至最低？而這是否就是帕洛瑪先生應該汲取的教訓，完全悖反於他年輕時矢志遵行的德行：總是嘗試要比自己的能耐所及多做一些？

現在一隻不知所措的夜蛾進入牠的範圍了。牠會忽視這隻飛蛾嗎？不，牠捕捉了飛蛾。牠的舌頭變成了捕蛾網，將飛蛾捲入口中。牠的嘴巴裝得下飛蛾嗎？牠會把它吐掉嗎？牠會撐破肚皮嗎？不，飛蛾已經進入壁虎的喉嚨了：牠還在啪搭鼓動，雖然模樣狼狽，但還是隻飛蛾，尚未被吞食者的牙齒嚼爛；現在，牠通過狹窄的頸部，變成一個暗影，開始牠沿脹大的食道而下的緩慢艱困旅程。

壁虎不再蟄伏不動了，牠現在喘著氣，搖動痙攣的喉嚨，搖晃四肢和尾巴，扭動牠的腹部，經受著嚴厲的考驗。今晚牠該吃夠了吧？牠會離開嗎？這是牠渴望滿足的一切欲望的頂峰嗎？這是牠想藉以自我證明的幾近不可能的測試嗎？不，牠留在那兒。也許牠已經睡著了。對於一隻沒有眼瞼的動物，睡眠會是什麼樣子呢？

帕洛瑪先生也無法離開那裡。他坐著凝視壁虎。沒有眞正的暫停，能夠令他安心休息。

即使他再度打開電視機，他也只能夠繼續屠殺的冥想。這隻飛蛾，這纖弱的優瑞黛絲（Eurydice）❹，已經漸漸沉入她的冥府（Hades）。有隻蚊蚋飛過來，正準備停在玻璃上。壁虎的舌頭迅即伸出。

2.1.3 椋鳥入侵

今年晚秋，羅馬有很不尋常的景象：天空裡擠滿了飛鳥。帕洛瑪先生的陽台是個很好的觀察站；他的視線可以由此沿著廣闊的四周天際，在屋頂群上方巡遊。他對這些鳥的認識，都只是聽別人說起：牠們是椋鳥，成千上萬聚集在一起，來自北方，在此等到時機成熟，再一起飛往非洲沿岸。夜間這些鳥兒就在行道樹上棲眠，如果有人把汽車停放在沿臺伯河（Tiber）邊的街上，次日早晨就非得把汽車從頭到尾刷洗一遍不可。

白天牠們都上哪兒去了？在一座城市裡停留這麼久，對牠們的遷徙有什麼用意呢？傍晚牠們的龐大集會，像是遊行或是年度檢閱的空中盛會，有什麼意義呢？帕洛瑪先生都還無法理解。既有的各種解釋都有些可疑之處，不是受限於假設，就是搖擺於各種可能之間；這種情況也很自然，因爲這些只是口耳相傳的傳聞，即使是被期待要確認或否定這些說法的科學界，對這些現象的解釋也顯然既模糊又粗略。事實既然如此，帕洛瑪先生便決定自己觀察，根據他所見到的任何枝微末節，建立起最精微的細節，並且堅持他的觀察所立即誘發的想法。

襯著淡紫色的暮陽餘輝，他見到天空一方有個非常細小的斑點，是片舞翼之雲。他曉得那是成千上萬的鳥兒：穹蒼正遭受侵襲。原來看似寧靜空闊的無垠天空，漸次被非常迅速而輕盈的鳥兒完全遮蔽。

這是幅令人心安的景象，在我們歷代相傳的記憶裡，候鳥的過境遷移總是與四季的和諧接替聯繫在一起；然而，帕洛瑪先生卻爲此憂慮不安。是因爲天空擠滿了鳥兒，提醒我們大自然已經失去了平衡呢？還是因爲不安全感使我們處處都感受到災難的威脅？

當你想到候鳥，你通常會想像那是一種非常整齊而緊密的飛行隊伍，排成一長列或是直角方陣，橫越天空，像是由無數鳥兒構成一隻鳥的形狀。但是，這種形象卻不適用於椋鳥，起碼不適用於秋日羅馬天空的這些椋鳥：這個空中群落看來總是要準備分離散開，像是液體中的懸浮粉粒；不過，這椋鳥溶液不斷地變濃，宛若有支隱形的導管繼續注入旋轉的微粒，卻永遠無法使溶液到達飽和點。

鳥雲擴散且變深，鳥翼襯著天色的輪廓越來越清晰，這顯示牠們越來越近了。帕洛瑪先生已經可以在這群鳥裡辨識出一個遠近視角，因爲他見到有些鳥已經飛得很近，越過他頭頂了，有些還很遠，還有些離得更遠，而且他繼續發現更多細小的黑點，如果估算小點之間幾乎一樣的距離，可以說綿延了好幾公里。然而，這種規律性的假象靠不住，因爲再也沒有比飛鳥的分佈密度還要難估計的了，密集的鳥群彷彿就要遮暗了天空。但是那邊，這隻鳥與那隻鳥之間，又有空隙綻裂開來。

如果他持續注意觀察這些鳥彼此間的排列隊形，帕洛瑪先生便會覺得自己被吸入這不斷綿延、均勻一致而沒有縫隙的網羅之中，彷彿他自己也是這個移動整體的一部分，這個整體由成千上萬分別的個體組成，但牠們共同構成了單一的物體，宛如一片雲，一陣煙，一柱水——換言之，就是即使處於流體狀態，也有自身固定形狀的東西。但是，只要他開始注視單一隻鳥，各元素所構成的網絡就開始分崩離析；而他覺得正在載送他的水流，正在支撐著他的網絡，就分解了；那感覺就像是攫住他胃部頂端的暈眩一般。

這種情況確實會發生，例如當帕洛瑪先生確信這整群鳥已經朝他飛來後，將眼光投向其中一隻鳥，卻看到牠正在飛離自己，然後目光移往另一隻鳥，也正在飛離，只是方向不同；他很快就會發現，那些看來是朝他飛來的鳥，其實全都往四面八方飛散而去，彷彿他置身於一場爆炸的中心。但是，只要他把目光移向天空的另一塊區域，就會看到鳥群聚集在那兒，形狀有如一個越來越濃密擁擠的漩渦，又像置於一張紙底下的磁鐵吸附紙面的鐵屑，造成了忽而濃密、忽而疏淡的圖案，最後散了開去，只在白紙上殘留四散的斑點。

在這片鼓翅的混亂之中，終於出現了一個形狀，向前移動，並且越來越濃密。那是個圓形，像個圓球，像個泡泡，像是有人正在想著滿佈飛鳥的天空時的漫畫對白框；那是由飛鳥造成的雪崩，在空中滾動，將附近飛翔的鳥全都席捲而入。這個圓球在均勻的空間裡呈現出一個特殊的領域，它是一個移動中的團體，在它仍然像個彈性表面一般，時而擴張、時而收縮的範圍裡，只要不改變整體的球狀，每隻椋鳥可以沿著自己的方向飛行。

在某個時候，帕洛瑪先生發覺，這個球體裡旋繞的生物數量正在快速增加，好像有一道非常迅速的飛鳥之流，正在以沙漏般的速度注入新的成員。這是因爲有另一群也是形成球狀的椋鳥加進來，在先前那個球體內部擴散開來。但是這群飛鳥的凝聚力似乎無法超過某個限度：事實上，帕洛瑪先生已經觀察到球體邊緣有些飛鳥在流散，或者可以說有了裂縫，而且開始使球體洩氣。帕洛瑪先生才剛剛發現這個現象，整個形狀就消散不見了。

帕洛瑪先生對椋鳥的觀察日復一日進行，而且越來越頻繁，使他覺得有必要將觀察結果告訴朋友。他的朋友對這個問題也有些話要告訴他，這是因爲他們對這個現象也已經有了興趣，要不就是帕洛瑪先生與他們談過之後，喚起了他們的興趣。這個主題永遠無法被考慮周全。如果其中有位朋友相信自己見到了某種新情況，或者察覺到必須修正原來的印象時，便覺得有必要馬上打電話通知其他人。因此，電話線路裡的訊息來來往往，正如天空裡有一群群飛鳥交錯飛舞一般。

「你有沒有注意到，當牠們飛得很靠近，甚至牠們的路線互相交錯時，怎麼樣能夠避免相撞？你不得不認爲牠們有雷達。」

「情形不是這樣。我在路上看到很多殘廢的，或是快死或已經死掉的椋鳥。牠們都是飛行衝撞的受害者。密度太大時，這就無法避免。」

「我已經曉得牠們爲什麼晚上會在城市這個區域的上空聚在一起飛行。牠們就像在機場上空排隊等候的飛機一樣，要盤旋直到收到降落許可訊號爲止。這就是爲什麼我們會看到牠們旋繞飛行這麼久：牠們在等待輪到自己降落，以便棲息枝頭過夜。」

「我已經看到牠們怎麼降落在樹梢上了。牠們在空中依螺旋狀一圈圈地飛行，然後一隻隻朝著牠們選定的樹木迅速俯衝下來，接著緊急煞車，停降到樹枝上。」

「不對，空中的交通阻塞不是個問題。每隻鳥都有牠自己的樹，有自己的樹枝，以及樹枝上的位置。牠們可以在空中就看清楚位置，然後直衝下來。」

「牠們的視力有這麼好？」

「嗯。」

這些電話都很簡短：帕洛瑪先生等不急要回到陽台上去，擔心會錯失了某個關鍵性的轉折。

現在，你可以說鳥群只佔據了落日餘輝還照亮著的部分天空。但是再仔細看清楚，你會發覺這群一會兒濃密一會兒稀疏的椋鳥，像條彎彎曲曲飄盪的長絲帶般鬆解開來。帶子折曲的地方椋鳥比較濃密，像群蜜蜂；絲帶伸直不扭曲的地方，則只有點狀的零落飛鳥。

天空中最後一絲餘暉也消逝了，一陣黑暗從街道深處慢慢浮起，淹沒了由屋瓦、圓頂、陽台、閣樓、涼廊和尖塔所構成的群島；這群空中入侵者懸浮擾動的黑色羽翼，逐漸沉澱下來，終於與都市裡那些令人討厭、到處拉屎的蠢鴿子混雜在一起。

---

❹優瑞黛絲（Eurydice）為希臘神話中的人物，著名豎琴演奏家奧菲斯（Orpheus）之妻，被蛇咬身亡落入陰間；奧菲斯思妻心切，進入冥府營救，冥王受其樂聲感動，准其離去，但約定離開陰間之前，奧菲斯不得回頭探望跟在身後的優瑞黛絲。但奧菲斯在回返陽世的那一瞬間，忍不住回望身後還在陰間的優瑞黛絲，遂使其妻再度墮入冥府。

2.2 帕洛瑪先生購物

2.2.1 兩磅鵝油

鵝油盛放在玻璃罐裡，手寫的標簽說明每罐內都裝有「兩塊肥鵝肢（一腿一翅）、鵝油、鹽與胡椒。淨重兩磅。」玻璃罐裡肥厚、鬆軟的白色鵝油，吸收了周遭世界的嘈雜聲；深色的陰影由罐底升起，並有如置身記憶的迷霧一般，讓人瞥見切斷的鵝肢沉落在鵝油之中。

帕洛瑪先生站在巴黎一家肉店的行列裡。現在是假日期間，但即使是在非節日裡，這家店也是顧客盈門，因爲它是巴黎最著名的美食店之一。這家店所在的地區，由於量販店平抑了價格、稅率高、消費者收入不豐，加以目前的經濟蕭條，老商家一個接一個地倒閉，被面目模糊的超級市場取代，這家店卻奇蹟般地存活下來。

帕洛瑪先生一面排隊，一面仔細觀察這些瓶罐。他試圖在記憶裡找尋什錦砂鍋(cassoulet)（一種肉類與扁豆燉煮，並以鵝油為主要材料的燉肉）的位置，但不論是他的味覺記憶或文化記憶，都幫不上忙。然而，這個名稱、外觀，以及觀念，還是吸引著他，立即誘發了幻想，那不是口腹之欲，而是愛欲的幻想。一個女人的形體從一座鵝脂山中緩緩浮現，玫瑰色的皮膚抹上了白色的鵝脂，他已經想像自己穿越成堆的鵝脂朝她走去，擁抱她，與她一同沉入鵝脂堆中。

他將這種不合宜的幻想驅離腦海，抬眼望見天花板上裝飾著掛在聖誕圈飾上的義大利臘腸(salami)，像是蓬萊仙島樹枝上垂下的水果。大理石櫃檯上到處陳列著豐盛的商品，呈現了人類文明與藝術發展出來的種種樣貌。那切成一片片的野味餡餅（pate）裡，獵物奔跑的大腿與飛翔的翅膀永遠地凝固起來，精煉成為各色各樣的美味。灰裡透紅的雉雞肉凍排成圓柱狀，上頭擺著兩隻雞爪，像是要證明出身一般，有如斗篷或文藝復興時期箱匣的家族徽飾上伸出的利爪。

肉凍裡裹著一粒粒清楚可見的肥美黑色松露，好似丑角短袖上衣的成排扣子，或是樂譜上的音符，點綴著薔薇色而紛雜多樣的鵝肝醬、碎肉凍（head cheese）、砂鍋（terrine）、帶骨肉冷盤（galantine）、鮭魚片，還有裝飾得像個獎盃的朝鮮薊心。這些圓盤菜餚共同的松露主題，劃一了各色各樣的食物，有如化裝舞會上無尾晚禮服的一式黑色般，凸顯了這些食物的歡慶裝飾。

在櫃檯間穿行的顧客卻是一臉陰沉、晦暗、鬱悶，著白服的年長女售貨員粗魯但有效率地引導著他們。閃耀著美乃滋的華麗鮭魚吐司片一一消失，被顧客的深色購物袋吞噬。當然，這些男男女女都很清楚知道自己要買些什麼，毫不猶豫地一逕走向他們的目標；迅速地拆散了那堆積如山的魚肉香菇餡酥餅（vol-au-vent）、白布丁、短香腸（cervelats）。

帕洛瑪先生很想看到顧客的眼神裡，閃現著這些珍饈佳餚的魅惑力，但他們的面容和動作都顯得焦躁、匆忙，像那種只關心自己、精神緊張的人，只專注於他擁有什麼，以及缺少什麼。他覺得這些人之中，沒有一個擔得起櫥櫃與櫃檯上的商品所展現的龐塔格呂埃式

(Pantagruelique)❺榮耀。驅使他們的是一種既無歡愉、又乏青春的貪婪；然而，在他們與這些食品之間，有著根深柢固、歷代相傳的紐結，這些食品與他們的肉體相同，是他們身軀的血肉。

他覺察到自己有一種幾近嫉妒的感覺：他期盼這些裝在盤中的鴨肉和兎肉餡餅，能夠表露出偏愛他甚於別人，承認他是唯一值得享用它們恩賜的人；自然與文化千百年傳承下來的這些恩賜，現在絕不能夠落到凡夫俗子手中！難道不正是他覺得自己滿懷這種聖潔的熱情，才顯示了或許唯有他是被揀選、受到神恩寵幸的人，是唯一有資格享用從世界的羊角盆（cornucopia）裡滿溢出來的豐盛美食的人嗎？

他環顧四周，期待聽聞香味交響曲的震顫。但，一點震動也沒有。這一切佳餚美味在他腦海裡攪動，成爲含混模糊的回憶；他的想像力無法本能地將香味和眼前的形象及名稱連結起來。他尋思自己對美食的貪欲，是否基本上只是心靈的、美學的、象徵性的。也許，縱使他如此眞摯地熱愛肉凍，肉凍卻不愛他。這些食物已覺察到他的目光將每樣食物都轉變爲文明史的文獻，成爲博物館的收藏品。

帕洛瑪先生希望隊伍能夠前進得更快一些。他明白，如果他在這家店裡再多待上幾個小時，他終將說服自己，他也是個凡夫俗子，是個異鄉客，一個局外人。

2.2.2 乳酪博物館

帕洛瑪先生在巴黎一家乳酪店裡排隊。他想要買一種以油浸漬在玻璃瓶裡保存，添加各種香草與佐料的羊奶乳酪。顧客沿著一張櫃台排隊，上頭陳列著最爲稀奇古怪的特產。這家商店的產品種類繁多，似乎有意要展示出每一種想像得到的乳製品；它的招牌「乳酪專賣店」(Specialites froumageres) 上那罕見而饒富古意，或源自方言的形容詞，已經說明了這家店守護著文明遍歷各種時空而積累起來的知識遺產。

招呼顧客的是三、四位穿著粉紅色罩衫的女孩。只要其中一位女孩得了空，便立即招呼排在隊伍最前頭的顧客，詢問他要買些什麼；顧客說出商品的名稱，或者更常是用手指點，在店裡走動，趨近符合他們特殊而屬於行家口味的產品。

這麼一來，顧客行列便往前移動一步：原本一直站在帶有綠紋的「奧弗涅藍乳酪」（Bleu d'Auvergne）旁邊的人，便挪移到以乾草捆紮的白乳酪「愛苗」（Brin d'amour）旁邊；原來注視著以樹葉包裹的圓形乳酪的顧客，現在可以專注於外表沾有草灰的方形乳酪。每往前移動一回，便有些顧客受到新刺激與新慾望的啓發；他們可能改變原來購買某樣商品的念頭，或者在購物單上添加新項目；有些人則一點也不會分心，絕不偏離自己想要的目標，意外的提示只不過是藉由排斥法，更加釐清了他們堅持購買的範圍界線。

帕洛瑪先生的心態則在互相對立的兩種力量之間搖擺：一種力量的目標在於獲取全面的詳盡知識，而唯有品嚐過所有種類的乳酪，才能滿足這個意圖；另一種力量則傾向於做出明白無誤的選擇，分辨出專屬於自己而一定存在的乳酪，即使他還無法辨別出來（無法在乳酪中辨認出自己）。

或者，問題其實不是選出正確的乳酪，而是被乳酪選上。乳酪與顧客之間具有一種相互關係：每一種乳酪都等待著它的顧客，擺出各種姿態來吸引人，或者是堅硬的狀態，或者是略顯傲慢的顆粒狀態，或者反過來，擺出順從臣服的融化狀態。

空氣裡浮盪著一絲共謀的氣氛：靈敏的味蕾，尤其是嗅覺器官，也有虛弱的時候，會失去品味，這時盤中的乳酪就好像是躺在妓院長椅上等候揀選。一抹陰險的露齒微笑，洩漏了以卑賤綽號來貶低自己嗜吃之食品的滿足感，稱呼它們爲馬糞、和尚頭、褲扣。

帕洛瑪先生並不偏向於追求這種熟稔的關係：他只想要建立人與乳酪之間簡潔的直接物理關係。但他看到的是乳酪的名稱、乳酪的概念、乳酪的意義、乳酪的歷史、乳酪的環境、乳酪的心理學，而不是乳酪本身，因爲他覺得（而非確實知道）藏身在這些乳酪背後的都是這些東西，如此一來，他所建立的關係就變得十分複雜了。

帕洛瑪先生所見到的乳酪店，有如自學者眼中的百科全書：他可以記住各種乳酪的名稱，並且大膽地予以分類：按形狀分，有肥皂形、圓柱形、圓頂形、球形；按質地分，有乾的、膏狀的、流質的、有紋理的、堅硬的；按添加於表皮或內核的其他材料分，有葡萄乾、胡椒粒、胡桃仁、芝麻、藥草、霉菌。但這並不能使他更接近眞正的知識半步，因爲對乳酪的眞正了解，依存於乳酪風味的經驗，而這同時是由記憶與想像所組成。唯有以此爲基礎，才能建立一種衡量偏好與口味、好奇與排斥的指標。

在每一種乳酪背後，都有一片坐落在不同的天空底下，呈現著各種各樣綠色的牧草地。諾曼地的海浪每夜拍打而凝結著鹽塊的牧草地；普羅旺斯（Provence）多風的陽光底下，香氣四溢的牧草地。各地的畜群及其廐舍設施，以及季節遷徙方式，都有所差別；各處也有世代相傳的製造秘方。這家店眞是個博物館：帕洛瑪先生在這裡參觀，覺得有如置身羅浮宮，在展示的每一種乳酪背後，他都看到了一段產生了這種樣式的乳酪，並由這種乳酪所顯示出來的文明。

這家店也是一本辭典；使用的語言就是整個乳酪的體系：這種語言的形態記錄了無法勝數的語尾變化與動詞變化，而其辭彙包含了無窮無盡的同義語、慣用語、言外之意，以及意義的細緻變化，如同一切由上百種方言所滋養培育的語言一樣。它是由物品所構成的語言；物品的名稱只是外在的面向，是工具性的；但是對帕洛瑪先生而言，學習名稱仍然是他必須採取的第一個步驟，這樣他才能夠讓眼前流轉的各種物品暫時固定下來。

他從口袋裡掏出一本記事簿和一支筆，開始寫下一些名稱，並且在每個名稱旁邊附記某種可以幫助他記起物品形象的特徵；他也試圖畫出它們的概略形狀。他先寫下埃伐爾大街

(pavé d'Airvault)，附記「綠色發霉」，畫個扁平的平行六面體，並在其中一邊註上「大約四公分」，他寫下聖茂爾（St-Maure），註記「灰色顆粒狀的圓柱體，中間有個小豎孔」，畫出來，瞥了一眼估出它的大概長度爲「二十公分」；然後，他寫下恰比丘里（Chabicholi），並畫了另一個小圓柱體。

「先生！喂，那邊那位先生！」當一位繫著粉紅色圍裙的年輕女孩出現在他眼前時，他還沉浸在他的筆記本裡。輪到他了，他是下一個；排在他後頭的每個人看到他那不合時宜的行爲，都帶著半似譏諷、半似憤怒的神情搖著頭，大城市的居民就是用這種態度對待愈來愈多在街上遊蕩的心智不全者。

他縝密制訂的美食訂購單，轉瞬間便從腦海中溜走了；他結結巴巴，妥協地選擇了最普通、最平常、宣傳最多的乳酪，彷彿大眾文明的機器正等著他這個猶豫不決的時刻，以便再次擄獲他，任由它們擺佈。

2.2.3 大理石與血

某人拎著購物袋走進肉店時，肉店誘發他產生的各種思索，牽涉了許多領域裡世代相傳的知識：肉類部位和切割方式的專門知識，每一塊肉的最佳烹飪法，結束其他生命以延續自身的生命時，藉以平撫不安良心的儀式等等。屠宰的知識與烹飪的技術是精確的學問，可以經由實驗來檢證，但要記得不同國度習俗與技巧上的差異；反之，犧牲的儀式充滿了不確定性，甚且早已湮滅消失了好幾個世紀，卻繼續隱匿在人們的良心裡，像是個未經言明的要求。帕洛瑪先生準備要買三塊牛排，有一種崇敬關於肉類的一切事物的信念引領著他。他恭敬地站在肉店的大理石平台之間，彷彿置身廟宇，明白他己身的個體存在，以及他所屬的文化，都受到這個地方的約制。

顧客的行列沿著高大的大理石櫃台緩慢前進，經過陳列著各種切塊肉類的格架和托盤，上頭都插著寫有名稱與價錢的標籤。最前面是鮮紅色的牛肉，接著依序是粉紅色的小牛肉，暗紅色的羊肉，深紅色的豬肉；高聳堆起的大塊肋排，厚邊帶有一圈肥肉的圓形腓力牛排，纖細的牛腰肉，帶著難啃骨頭的肉排，整塊的燒烤瘦肉，肥瘦相間的待煮厚片肉，等著折疊串上架燒烤的肉塊。再來是顏色較淡的肉：小牛肉薄片，牛腰肉排，肩胸肉片，軟骨肉；然後，我們進入了小羊腿肉與肩膀肉的領域；再往前面，一副牛肚泛著白光，一塊牛肝黝黑發亮……。

櫃台後面，穿著白色罩衫的屠夫揮舞有著梯形刀刃的切肉刀、切片與剝皮的大刀、切砍骨頭的鋸齒刀，以及用來將捲曲的粉紅色肉條壓入絞肉機漏斗口內的肉杵。鐵勾上掛著肢解的肉塊，提醒你所吃的每一小片肉，都是被恣意切割開來的完整生命的一部分。

牆上有幅圖，畫了一隻公牛的輪廓，像張地圖般滿布著邊界線，標示出各種消費興趣的部位，除了角和蹄外，整個軀體的構造都包括進去了。和地球的平面球形圖一樣，這張圖也算是一種人類棲息地的地圖。它們都是核可了人類賦予自己的權利的議定書，即毫無保留地佔有、瓜分和呑噬各洲大陸或是動物軀體的腰肉。

必須說明的是，多少個世紀以來，人與牛的共生關係已經達致了平衡狀態（使兩個物種都能夠繼續繁衍），即使這種關係並不對稱（人費心餵養牛，但他並不需要拿自己來餵牛），而且保障了所謂人類文明的繁榮（其實至少應該部分地稱爲人牛文明；依據宗教禁忌的複雜地理情勢的各種狀況，也可部分地稱爲人羊文明或較少部分的人豬文明）。帕洛瑪先生良知清明且全然同意地參與了這種共生關係：雖然他在懸掛著的牛肉屠體裡，看到了被剖腹除腸的人類兄弟，在切割的牛腰肉上，看到的是切割自己身體的傷口，但他知道自己是個肉食動物，受到他自身飲食背景的約制，使他在肉店裡感受到味覺快樂的序曲：當他望著這些鮮紅色肉片時，能夠想像爐火將在燒烤牛排上烙下的條紋，以及牙齒撕咬烤成褐色的纖維時，享受到的快感。

各種情感不會彼此排斥：帕洛瑪先生站在肉店裡排隊時的心情，就同時是有所節制的喜悅，以及恐懼、慾求和崇敬，有唯我主義的自私關切，也有對萬物的普遍同情，而這也許是其他人在祈禱時，才會表達出來的心境。

❺龐塔格呂埃（Pantagruel）是法國作家拉柏雷（Rabelais, 1494-1553）小說《巨人傳》裡的人物，食量驚人。

2.3 帕洛瑪先生在動物園

2.3.1 長頸鹿奔跑

帕洛瑪先生參觀范森（Vincennes）動物園，在長頸鹿園的柵欄外面停步。大長頸鹿三不五時奔跑起來，小長頸鹿在後面跟著；牠們一直跑到幾乎撞上柵欄，然後向後轉，這樣反覆衝刺兩、三趟後，才停下來。帕洛瑪先生觀看長頸鹿的奔跑，總不覺得厭煩，對牠們不協調的動作十分著迷。他無法確定長頸鹿是在奔馳，還是快步小跑，因爲牠們後腿的步伐與前腿完全不同。前腿鬆軟無力地抬向胸前，然後伸向地面，彷彿牠們不太確定在這個時刻應該使用哪個關節。後腿則遠較爲短而僵硬，躍動彈跳地跟隨在後，顯得有點歪斜，好像是木製的一般，是副搖搖晃晃前進的拐杖，但又像是在玩耍，故意要顯得滑稽可笑。這時伸長的頸子上下擺動，有若起重機的吊臂，然而腿的運動與脖頸的運動之間，卻沒有任何關係。背骨也顚簸搖晃，但這只是脖頸的運動帶動了脊柱的其餘部分。

長頸鹿像是一部用各式各樣機器的零件拼湊起來的機關，但運作還是十分完善。持續地觀察長頸鹿奔跑後，帕洛瑪先生終於發現有一種複雜的和諧，支配著牠們那不協調的腳步，有一種內在的比例連結了解剖上明顯的不成比例，有一種從牠們那不優雅的動作中浮現出來的自然優雅。統合這一切的因素，就是牠毛皮上的斑紋，分佈的圖案雖不規則，但很均勻：這些斑點和長頸鹿的分解動作非常吻合，就好像是動作的精確對應圖形。或者不應該將毛皮看成是佈滿斑點，而是一式黑色的皮毛上，綻裂開淺色的菱形條紋：正是毛皮顏色的不均衡，預告了牠奔跑時動作的不協調。

這時帕洛瑪先生的小女兒早已厭倦了看長頸鹿，將他拉向企鵝館。帕洛瑪先生非常討厭企鵝，不甘願地跟著女兒走向企鵝館，一邊自問著爲什麼他對長頸鹿這麼感興趣。也許，這是因爲周圍的世界就是以不協調的方式運轉，而他總是希望能夠在其中找到某種模式，某個常數。也許是因爲他覺得自己被雜亂無序、彼此間似乎毫不相干，而且越來越難以吻合任何內在和諧模式的各種心靈運作，不斷地逼迫前行。

2.3.2 白色大猩猩

巴塞隆納（Barcelona）動物園裡，有全世界僅知的一隻白化症猩猩，牠是來自赤道非洲的大猩猩。帕洛瑪先生謹愼地穿越擠向大猩猩欄舍的人群。在一片玻璃牆後面，是「雪花」（Copito de Nieve）（這是牠的名字）看來像座山似的身軀和白色皮毛。白猩猩倚靠在牆邊曬太陽。牠的臉孔似人般呈粉紅色，滿佈著皺紋；胸部也呈現粉紅色且平滑無毛的皮膚，有如白種人的胸部。有著巨大五官的這張憂鬱巨人的臉，偶爾轉向玻璃牆外不到一米之遙的觀衆，遲緩的目光充滿了寂寞、忍耐與無聊，表達了牠對己身處境的認命順從；牠是世界上獨一無二的白猩猩，這並非出於牠自己的選擇和喜好，牠必須費力承受這種獨特性，並因自己那累贅而顯眼的身軀，痛苦地佔有著時空裡的一席之地。

透過玻璃可以見到另一邊圍著一圈石造高牆，看來像是監獄的院子，實際上卻是大猩猩所住欄舍的「花園」，裡頭有棵低矮光禿的樹，以及一座鐵製的、像體育館裡的爬梯，豎立在土裡。再往庭院裡遠些，有隻巨大的黑色母猩猩，懷裡抱著一隻黑色小猩猩。白色的毛皮不會遺傳，因此雪花仍然是所有大猩猩中，唯一的白化症大猩猩。

白色的巨猿靜坐不動，這使帕洛瑪先生想到年代久遠的古物，諸如山岳或是金字塔。這隻大猩猩實際上還很年輕，只因爲牠那粉紅色的臉龐與周圍的雪白短毛形成對比，還有特別是眼睛四周的皺紋，才使牠看來像個老人。除此之外，雪花的外表比起其他靈長類還要不像人類：在鼻子的位置，鼻孔像是兩個深洞；雙手長滿了毛，而且看來不怎麼靈巧，在長而僵硬的手臂末端，事實上還是動物的足掌，大猩猩行走時也還是如此使用雙手，像隻四足動物般，放到地上當腳用。

現在，這雙手臂連同足掌，將一個橡膠輪胎緊緊抱在胸前；在牠大把的空虛時間裡，雪花一直緊抱著輪胎不放。牠把這個輪胎當作什麼呢？一個玩具？一個物神？一個護身符？帕洛瑪先生覺得他能夠完全理解這隻大猩猩，了解牠在這個萬物都離牠而去的世界裡，緊緊抱住一件物品的需要；牠需要藉由這個物品來舒緩由於孤獨、與衆不同，以及總是被當作活生生的奇珍異獸看待——不僅參觀動物園的人群這麼看牠，連牠自己的配偶與幼子，也都如此看待——的刑罰，所造成的悲苦。

母猩猩也有一個舊輪胎，但對牠說來，這個輪胎是個使用正常的器具；牠和輪胎之間的關係很實用，沒有問題：牠坐在上頭宛若置身舒適的座椅，邊曬著太陽，邊幫小猩猩捉蝨子。相反地，雪花與輪胎的接觸像是一種有情感的、佔有性的關係，並且具有象徵意義。牠可以從中瞥見一條擺脫沮喪生活的途徑，就像人類所追尋的那樣——比如說讓自己全神貫注於事物之中，在符號之中照見自己，將世界轉變爲象徵的集合體——這乃是生物進化的漫漫長夜裡，人類文明的第一束曙光。大猩猩要做到人類的這種地步，手上卻只有一個舊輪胎，還是個人類製造的產品，對牠來說完全陌生，缺乏任何象徵的潛能，剝除了任何意義，而且完全抽象。看著這個輪胎，你不會認爲能夠從中發掘出多少意義。但是，還有什麼東西比這個環狀的空心物體，更能夠包容你想要賦予它的所有意義呢？也許，大猩猩將自己與這個輪胎等同起來，便可能在靜默不語的深處，抵達語言萌發的泉源，並且在牠的各種想法，與決定牠生活的各種事實的倔強、充耳不聞的證據之間，建立起一道綿延的關係……

離開動物園後，白色大猩猩的形象還是停留在帕洛瑪先生的心裡，揮之不去。他試圖與他遇到的人談論白猩猩，卻沒有任何人願意聽他說。到了夜裡，不論在他輾轉難眠的時候，或是在他短暫的夢境裡，這隻巨猿不斷在他面前出現。他心裡想，「就像白猩猩有個輪胎，作為胡言亂語、沉默無言之言談的看得見依靠，我也擁有這個白色大猩猩的形象。我們大家都在手裡旋轉著一個空心舊輪胎，想要藉此企及字詞所無法達致的終極意義。」

2.3.3 有鱗目

帕洛瑪先生很想知道，為什麼鬣蜥蜴（iguana）會吸引他。在巴黎的時候，他經常會去植物園內的爬蟲館參觀；沒有一次會讓他失望。他非常清楚鬣蜥蜴的外表十分奇特，可以說是獨一無二；但他覺得此外還有些其他東西吸引著他，卻說不出來那是什麼。

鬣蜥蜴身上覆蓋著綠色的皮膚，看來像是由非常細微的鱗片所組成。牠身上的這種皮膚顯得過剩：在頸上和脚上，多得都形成了綯摺、囊袋、褶邊，就像是一件原本應該合身的衣服，卻到處都鬆垮垮的。牠的脊樑上長著鋸齒狀的肉冠，一直延伸到尾巴；牠的尾巴前端也呈綠色，但越往末端，顏色逐漸變淡，變成淺褐色與深褐色相間的圓環。在覆有綠色鱗片的鼻口部，有著能夠開闔的眼睛；那是雙「進化的」眼睛，能夠凝視、關注和表達悲傷，透露了在那似龍的外表下，隱藏著另外一個生命：一個比較類似我們所熟悉的動物，而不像表面所見距我們那麼遙遠的生命……

牠的下顎底下也長著刺狀肉冠；脖頸上長有兩個圓形的白板，猶如助聽器；上面還有一些配件、附屬物件、突出物和防衛性的裝飾，簡直就是動物王國甚至還有其他王國的各種可能形狀的樣品箱——一隻動物身上長著這麼多東西，實在是太沉重了。這有什麼用途呢？是爲了要掩護在牠體內窺探著我們的什麼人嗎？

要不是長在肌肉發達、造形完整的前腿上，牠長了五趾的前脚會讓人覺得像是脚爪而非脚掌。牠的後脚卻不一樣，又長又軟，脚趾如同植物的嫩芽。然而，從整體來說，即使牠如此順服且遲緩幾近靜止不動，卻給人強壯的印象。

帕洛瑪先生停步在鬣蜥蜴的玻璃櫃前。之前他聚精會神地觀看了十隻相互攀爬、擠成一堆的小鬣蜥蜴，牠們不停地手脚迅速移動以變換位置，個個都挺直牠們的身體；鬣蜥蜴有著閃亮的綠色皮膚，腮邊有銅色的斑點，長著有冠毛的鬍鬚，蒼白的眼睛睜得很大，內有黑色的瞳孔。之後他看了草原蜥蜴，藏身於與它同色的沙中；樹棲蜥（Tupinambis）的皮膚呈黃黑色，幾乎像隻鱷魚；還有巨大的非洲蜥（Cordilo），牠濃密帶尖的鱗片，猶如皮毛或樹葉，呈現沙漠的顏色，牠首尾相連地蜷曲成一圈，非常專注地堅決自外於這個世界。透明水槽裡浮著一隻烏龜，牠的背殼是灰綠色，腹甲則呈白色，看來非常柔軟、肥厚；牠的尖頭從殼裡伸出來，有如穿了一件高領衫。

爬蟲館裡的生物奇形怪狀，展現了一場沒有風格，也沒有計劃的形式大搬弄，什麼都有可能；動物、植物和岩石彼此交換了鱗片、尖刺和凝塊。但是在無法勝數的可能組合裡，只有少數——也許正好是最難以置信的幾種——組合固定下來，抵擋了各種拆毀、混雜和重新塑形的變動力量；然後，這些形態迅即都自成一個世界的核心，與其他形式永遠隔絕，就像動物園內分隔牠們的成排玻璃箱籠一樣；這些有限的生存樣態，每一種都有牠們自身的怪誕，以及自身的必要性和美麗之處，卻又屬於生物學上的同一個目（order），在這世界上可以辨認的唯一的目。植物園蜥蜴館的各個明亮的玻璃箱裡，昏睡的爬蟲躲藏在來自牠們原產地的森林枝葉和岩石，或是沙漠的沙礫之間，這反映了世界的秩序（order）；那可能是天空在地面上的觀念映照，或是具有創造力的自然，其秘密的外在展現，也是隱藏於存在之物深處的規則。

那隱隱約約吸引著帕洛瑪先生的，是否就是這種氣氛，而不是爬蟲動物本身？一種潮濕、柔軟的溫暖，像塊海綿般地吸取著空氣；一股刺鼻、濃重、腐敗的惡臭，令帕洛瑪先生摒住呼吸；陰影與光亮凝滯並陳，宛若白晝與黑夜的靜止混合：這些就是想要窺探人類以外世界的人，所獲得的感受嗎？在每個玻璃箱那邊，有著人類出現以前的世界樣子（或是人類消亡之後的世界），揭明了人類的世界既非永恒，亦非唯一。帕洛瑪先生參觀這些睡著巨蟒、大蛇、竹林響尾蛇和百慕達蝮蛇的箱籠，就是爲了要親眼目睹，以便了解這個道理嗎？

但是對於人類缺席的這許多世界而言，每個玻璃箱籠都只是這些世界的一個細微樣本，取樣自或許從來沒有存在過的自然界，只是個幾立方米的小空間，依靠精密的裝置來維持固定的溫度和濕度。易言之，這一套上古寓言動物集的每個樣本，都是由人工維持生命，彷彿它是我們心靈的假設，是想像的產物，是語言的建構，是荒謬矛盾的推理，而其企圖是要證明只有我們的世界，才是唯一的眞實世界……。

帕洛瑪先生突然想要走出去到空闊的所在，彷彿爬蟲的氣味此刻才變得令人無法忍受。他首先必須穿過龐大的鱷魚館，裡頭有一整排以柵欄隔開的水池。每個池內的乾燥處，躺著獨個兒或成對的鱷魚。牠們顏色晦暗、矮壯、粗糙，令人畏懼，牠們徹底地伸展開來，將冷酷的長形口鼻、冰涼的腹部，以及寬闊的尾巴，整個平貼在地面上。牠們好像都睡著了，連那些眼睛睜著的也是，或許牠們都置身一種迷茫的荒涼而無法入睡，閉著眼睛的亦然。這群鱷魚中，偶爾會有一隻緩慢地晃動身軀，用牠的短脚稍稍抬起身體，爬行到水池邊緣，讓自己砰地一聲掉入水中，掀起一陣浪。牠浮在水中，和先前一樣動也不動。是牠們的耐心沒有限度呢？還是牠們的絕望永無止境？牠們在等待什麼呢？或者牠們已經放棄等待什麼了？牠們沉浸其中的是什麼樣的時間呢？是只有整個物種的時間，而脫離了個體由出生到死亡的競賽歷程嗎?或者，是屬於大陸漂移，以及地殼凝固浮出的地質學紀年時間嗎?或者，是屬於太陽光線逐漸冷卻的時間?思索這些超越我們經驗的時間，眞是令人難以忍受。帕洛瑪先生匆匆走出爬蟲館，這個地方只宜偶爾概略巡覽一回。

3

帕洛瑪先生的沉默

3.1 帕洛瑪先生的旅行

3.1.1 沙的庭園

小庭院內鋪著一層白沙，顆粒粗大，幾乎算得上是石礫，耙成長條的平行淺溝，或是環繞著五堆不規則的石塊或大圓石，耙出同心圓狀的淺溝。這是日本文明的著名史蹟之一，京都龍安寺的石與沙之庭園❻：根據佛教裡最具精神性的禪宗僧侶的教誨，這是以最簡單的方法，不假言說的觀念，而能夠達致絕對冥想的典型意象。

這個長方形的白沙庭院，三面是覆蓋瓦片的牆，牆外滿是林木綠意。第四面是個木造遊廊，有台階，參觀者可以在其間穿行、徘徊或靜坐。發給參觀者的摺頁上有寺院住持簽名，用日文和英文說明：「沉浸在這個風景裡，視自己為相對存在的我們，便充滿了寧靜的驚奇，體悟到絕對的我，沾污的心靈因而滌清。」

帕洛瑪先生相信並準備接受這個建議，他坐到台階上，一個個觀看這些岩石，細察白沙的波紋，讓貫串了這幅風景各個元素的無可言狀的和諧，漸漸地充盈全身。

或者，他其實是勉力想像，在能夠獨自專注靜觀這個禪園的人的感受裡，這一切事物會是什麼模樣。因為——我們忘記說了——帕洛瑪先生是擠在遊廊的幾百位遊客之間，四方都受到推擠；照相機和攝影機在人們的手肘、膝蓋和耳朵之間擠出空間，從各個角度拍攝由日光或閃光燈照明的岩石和白沙。成群穿著羊毛襪的腳，踩到他的身上（在日本，鞋子總是在進門時就脫掉了），許多具有教育精神的父母把子女推擠到前排；一大群穿制服的學生互相推撞，迫不及待地要儘快結束參觀這座著名史蹟的校外教學；認眞的參觀者有韻律地抬頭與低頭，查對並確認指南上所寫的每件事物是否與實況相符，以及他所看到的一切事物，是否都寫進了指南。

「我們可以把這座庭園看成是浩瀚大海中的多山島嶼，或者是高聳超出雲海的山巓。我們可以視之爲由古泥牆框住的一幅畫，或者，當我們感受到海洋的眞相廣袤無限之際，忘記了畫框的存在。」

摺頁裡包含了以上的「使用說明」，帕洛瑪先生認爲，只要某人確信他有個人格需要超脫，確信他能夠從可以消解而化成一道目光的自我內部去觀察世界，那麼這些指引完全合理，能夠毫不費力地即刻實行。然而，正是這個出發點本身需要佐以輔助性的想像；但是當自我黏附在密實的人群中，幾千雙眼睛一同觀看沙庭，幾千雙脚一起沿著規定好的遊覽路線行走時，很難激發出這種想像。

難道，得到的結論只能是：禪宗達致極度謙遜、遠離一切貪念與驕嗔的修心技巧，需要的背景是必須具備有貴族般的特權，並且享有廣闊空間與充裕時間的個體狀態，免於苦惱的獨身境地？

但這種結論導向了對於在大衆文明傳散過程裡失落之樂園的熟悉悲歎，對帕洛瑪先生而言，這聽來卻過於膚淺。他偏向於選擇一條比較困難的道路，試圖掌握禪園能夠給他什麼，並依循今日禪園能夠被觀看的唯一狀態來觀看它，亦即伸長脖子，越過衆人的頸項來觀看。

他看到什麼了呢？他看到了族群數目龐大時代的人類，其分佈延展擁擠成一團而一片平坦，但依然是由分別的個體所組成，就像覆蓋了世界表面的沙粒之海……。即使如此，他看到這個世界依然以其本然如圓石般的面貌示人，而與人類的命運毫不相干，其堅硬的體質無法被人類所同化……。他看到聚集在一起的人類沙粒的形狀，傾向於沿著動線排列，形成同時具有規律性與流動性的圖案，就像釘耙耙過的長方形或圓形痕跡……。在人／沙及世界／圓石之間，有一種可能的和諧感，像是兩種不均質的和諧之間的和諧感：其中一方是非屬人類的，那是似乎並未對應於任何模式的力之平衡，而另外一種則屬於人類的結構，渴求著一種幾何形狀或音樂曲式的合理性，但永遠無法完全確定……。

3.1.2 蛇與頭蓋骨

在墨西哥，帕洛瑪先生參觀了托特克人（Toltecs）的故都圖拉（Tula）的遺址。有位墨西哥朋友與他同行，他是一位對西班牙統治墨西哥以前的文明充滿熱忱而善於言詞的專家，爲帕洛瑪講了關於奎札科托（Quetzalcoatl）的美麗傳奇。變爲神明之前，奎札科托是個國王，他的王宮就在圖拉；這裡還遺留了一排斷折的殘柱，環繞著一個蓄水池❼，有點像是古羅馬的宮殿。

晨星之廟是個有台階的金字塔。塔頂立著四支人形圓柱（caryatid），稱爲「阿特拉斯柱」❽，代表晨星之神奎札科托（人形雕塑的背上有著象徵星晨的蝴蝶），還有四支浮雕的圓柱，代表有羽毛的蛇（蛇是晨星之神的動物化身）。

所有這一切都只能聽憑信仰；正因爲如此，要反駁前述說法也十分困難。在墨西哥的考古學裡，每座雕像、每件物品、每個浮雕的細部，都代表了某個事物，而這個事物則代表了另外一個事物，這事物接著又代表了其他的事物。一隻動物代表一位神明，神明代表一顆星辰，而星辰又代表了一種元素或是一種人類特性，依此類推。我們置身於圖畫式書寫的世界；古代墨西哥人以圖畫來書寫，甚至當他們眞的在畫圖時，也有如寫字一般：因此，每一幅圖畫都看似有待譯解的畫謎。即使是廟宇牆上最抽象、最具幾何形狀的帶狀壁飾，如果你在其中見到了斷續線條的動向，也可以解釋爲箭頭，或者，你可以根據關鍵圖案的重複方式，讀出一個數字序列。圖拉這裡的浮雕則描繪了獨具風格的動物形態：美洲豹、土狼（coyote）。帕洛瑪先生的墨西哥朋友在每塊石刻前都留步，將它轉譯爲一個創世故事，說明它的寓意或是道德教訓。

有一群學童在遺址裡穿行：他們是具有印地人（Indios）特徵的結實男孩，也許就是這些廟宇建造者的後代，他們穿著純白的制服，像童子軍般繫著藍色的領巾。帶隊的老師身材只比他們略高一些，年紀也才稍大一點，有著一樣渾圓、黝黑而缺乏表情的臉孔。他們爬上金字塔的陡梯，在柱子底下停步；老師講解這些圓柱所屬的文明、時代，以及雕刻所用的石材，然後下結論說：「我們不知道這些圓柱有什麼含義。」然後，這群學童跟隨他走下階梯。遇見每尊雕像，每個浮雕或圓柱上的圖像，老師都會告訴學生一些事實，並且總是一成不變地加上一句，「我們不知道它有什麼意思。」

這裡有尊沙克穆爾（chac-mool），是相當常見的一種雕像：持握盤子的半臥人形雕像；專家一致認爲，盤子裡盛放的是活人祭品的滴血心臟。這些雕像本身也可以看成是本性良善但粗野的傀儡；可是每回帕洛瑪先生遇見這種雕像，總是不由自主地毛骨悚然。

學童的隊伍經過。老師正說著，「這是一尊沙克穆爾，我們不知道它有什麼含義。」然後繼續前行。

雖然帕洛瑪先生還是跟隨著他的嚮導朋友的解說，但他總是會遇見那群學童，並且聽到老師說的話。這位朋友豐富的神話學素養，令帕洛瑪先生非常著迷：詮釋解說的搬演，以及饒富寓意的閱讀，在他看來都是心靈的絕妙運作。但是，他也感受到自己被那位教師的相反態度吸引：起初看似不過是缺乏興趣的表現，現在帕洛瑪先生看來卻覺得是一種具有學術和教育意義的立場，是這位認真誠懇的青年的方法論抉擇，是他不願違背的規則。一塊石雕、一個圖像、一個符號，或是一個字詞，如果脫離了它的脈絡來看待，那麼它們就只是一塊石雕、一個圖像、一個符號或是一個字詞：我們可以嘗試去定義它們，依照它們的原本面貌，不加油添醋地描述它們；在它們顯示給我們的面貌以外，是否還擁有另一種隱藏的面貌，則並非我們所要知道的。拒絕去理解這些石頭沒有展示給我們的東西，也許是表明尊重石頭秘密的唯一方式；嘗試去猜想揣度，便是一種放肆，背叛了那個眞實的、失落的意義。

金字塔後面有條通道或聯絡道,夾在一道夯實土牆和一道雕刻石牆間。石牆即是蛇壁(the Wall of the Serpents),可能是圖拉最美麗的作品;蛇壁的浮雕飾帶上刻有一連串的蛇,每條蛇張開的嘴裡都含著一個人頭骨,仿佛正要把這頭蓋骨呑下去。

學童走過來。老師說,「這是蛇壁。每條蛇嘴裡都含著一個人頭骨。我們不知道它們有什麼含義。」

帕洛瑪先生的朋友難以自持,克制不住了:「我們當然知道!它們表示生命與死亡的相連相續;蛇代表生命,頭蓋骨代表死亡。生命之所以是生命,是因爲它包含了死亡,而死亡之所以爲死亡,是因爲沒有死亡就沒有了生命……。」

男童們注意傾聽,張口結舌,黑色的眼睛茫然迷惑。帕洛瑪先生心想,每一種解釋都需要另一種解釋,並依此類推下去。他問自己:「對古托特克人而言,什麼是死亡、生命、連續、通過的意義?而對這些男孩來說,它們今日能有什麼含義呢?對我來說又有什麼意義呢?」但帕洛瑪先生知道,他絕對無法壓抑自己對於翻譯的需要,從一種語言轉移到另一種語言,從具體的圖像到抽象的字詞,編織與重新編織出一個類比的網絡。正如不可能禁止思考，我們也不可能不進行詮釋。

這群學童才剛消失在轉角後頭，那位年輕老師頑固的聲音便再度響起：「不對，那位先生說的不對。我們不知道它們有什麼含義。」

3.1.3不成對的拖鞋

在東方某國旅遊時，帕洛瑪先生在市集裡買了一雙拖鞋。回到家裡試穿之後，他發現其中一隻比另一隻要大，穿上了不合脚，會脫落。他回憶起那個年老的攤販跪坐在市集的一個角落，面前凌亂地堆放了各種尺碼的拖鞋；他想起老人在鞋堆裡翻尋，找出一隻合客人脚的拖鞋，讓他試穿，然後又在鞋堆裡翻找，把預計是成對的另一隻鞋拿給他，但帕洛瑪先生沒有試穿就收下了。

帕洛瑪先生心想：「也許在那個國家裡，現在正有一個人穿著一雙不成對的拖鞋走路。」他看見一個細瘦的身影，在沙漠中一拐一拐地走著，每踏出一步，脚上的拖鞋就掉下來，或者，鞋子太緊了，把他的脚擠得扭曲變形。「也許，他此刻也正想著我，希望能夠遇見我，與我互換。連結我們之間的關係，比起大多數的人際關係，還要具體且明確得多。然而，我們卻永遠不會相遇。」爲了維繫他與這位不知名的不幸同伴的休戚與共，爲了保持他們之間這種非常希罕的互補關係，這種在一個大陸與另一個大陸之間相互映照的顚簸步伐，帕洛瑪先生決定繼續穿著這雙不成對的拖鞋。

這個景象一直在他腦海裡縈繞，但他知道這與事實並不相符。裝配線上縫製出來如雪崩般衆多的拖鞋，定期地湧至市集裡那位老攤販的鞋堆上。在鞋堆的底層，總是會留有兩隻不成對的拖鞋，但是在老攤販賣光自己的全部存貨以前（也許，他永遠也賣不完，而且在他死後，他的貨攤和存貨都會傳給他的繼承人，以及繼承人的繼承人），只要在鞋堆裡翻找一下，總是能找到一隻鞋來與另一隻鞋配對。只有像他自己這樣心不在焉的顧客，才會出現差錯，但這個錯誤的後果，要影響到光臨這古老市集的另一位訪客，可能需要好幾個世紀。世界秩序的每個崩解過程，都無法逆轉；然而，其後果卻被龐大的數量所隱藏和延遲，而在這其中包含了幾乎是無窮無盡的新對稱、組合與配對的可能性。

但是，如果他的錯誤只不過是消除了先前的一個錯誤呢？他的粗心大意是否有可能並非造成混亂，反而是恢復了秩序？「也許，那個攤販知道自己在做什麼，」帕洛瑪先生這麼想。「他把這隻不成對的拖鞋拿給我，便糾正了在那堆拖鞋裡隱藏了好幾世紀，在那個市集裡傳承了好幾代的不對稱。」

那位不知名的同伴也許是在另一個時代裡跛行，他們彼此腳步的對稱性，不僅是在兩塊大陸之間相互呼應，還相距好幾個世紀。這並未使得帕洛瑪先生和他的伙伴休戚與共的感受降低。他繼續穿著這雙拖鞋，笨拙地拖著腳走路，以安慰他這位如影隨形的伙伴。

---

❻即所謂的「枯山水」。

❼蓄水池（impluvium），指的是古羅馬住宅建築中的蓄水池。

❽阿特拉斯（Atlase）是希臘神話中受罰以雙肩擎天的巨人。

3.2 帕洛瑪先生與人交往

3.2.1 緘口不語

在這個人人都以自己的方式，發表意見或提出判斷的時代與國度，帕洛瑪先生卻養成了在主張任何事情以前三緘其口的習慣。第三次緘口不語之後，如果他依然確信自己準備要說的事情，他便說出來。否則，他就閉嘴保持沉默。事實上，他經常整個禮拜或整個月都沉默無語。

保持緘默的好時機永遠不虞匱乏，但也有那種很希罕的場合，帕洛瑪先生後悔沒能夠在正確的時刻說出自己的想法。他察覺到事情確如他所想的那樣發生了，而如果當時他表達了自己的想法，他就能夠對後來發生的事情發揮積極的影響力，即使是多麼微不足道。在這種情況下，他的心神便為之分裂，既滿足於他對事物的正確看法，又因為他自己過於退縮而感到內疚。這兩種心情十分強烈，他情不自禁想用言詞把它們表達出來；但是三緘其口之後——或者，總共是六緘其口——他已深信自己既無理由驕傲，亦無理由追悔。

擁有正確的看法，算不上什麼值得稱許的事：從統計學的角度看，他心裡出現的衆多荒唐、含混或平庸的念頭裡，總不可避免會有些具備洞察力的想法，甚至算得上是天才的想法；但既然他是如此，其他人一定也會產生這些聰穎念頭。

他是否應該不要表達他的想法，這倒是較有爭議。在普遍沉默的時代，跟隨大多數人的沉默無語，當然是錯誤的。在大家話語過剩的時代裡，重要的不僅是說出正確的事，因為無論如何那總是會被席捲進入字詞的洪流之中；重要的是要將主張奠基於它的前提和結論，這才使得所說的事情獲取最大的價值。但若一個主張的價值在於其論述的連續性與前後連貫，那麼唯一可能的選擇，不是不停地說，就是一句話也別說。如果選擇第一種方式，帕洛瑪先生將會發現他的思維並非依照直線進行，而是曲曲折折，經過了躊躇不決、否定、修正等狀況，而他的主張正確與否，就迷失在其中了；如果選擇另一條路，便意涵了一種遠比說話的藝術還要困難的沉默藝術。

其實，沉默也可以視爲一種言語，因爲它乃是拒絕其他人運用字詞表達的方式；但是這種沉默話語的意義，依存於說話中偶爾的停頓，並將意義賦予未說的部分。

換個方式說：我們可以藉由沉默而省卻某些字詞，或者保留它們，以便在更恰當的場合說出來。是故，現在說出來的一句話，可以省下明天要說的一百句話，或者引出不得不說的一千句話。帕洛瑪先生在心裡有了結論：「每當我緘口不語，我不能只想到我準備要說或是不說的事情，也要想到不論我說了或不說那句話，從而引起的我或其他人要說或不說的每件事情。」構思出這個結論之後，他緘口不語，保持沉默。

3.2.2 對年輕人發怒

年輕人對老人缺乏耐心，而老人難以容忍年輕人的狀況，已達至頂峰；老人什麼事情也不做，只顧著蓄積議論，準備告訴年輕人他們最後應得的報應，而年輕人則等待時機，要證明老人什麼也不懂；面對這樣的時代，帕洛瑪先生無法置一詞。即使他有時候想說些話，他也曉得由於衆人都過度熱切地捍衛自己的立論，根本不會注意到他試圖向自己澄清些什麼。

其實，他並非要證明他自己有一番道理，只是想要提出一些問題；而他也知道，沒有人願意脫離自己的論述理路，去回答來自其他論述的問題，因爲那必然需要以其他的詞彙來重新思考相同的事情，也許最後會因此抵達陌生的境地，遠離了安全的路徑。或者，他很希望別人問他問題；但是，他也一樣只希望別人問某些問題，而非其他問題：他願意回答的問題，是他可以藉此說出他覺得能夠說，但唯有別人請他說才會說的事情。無論如何，沒有人曾經想過要問他任何事情。

在這種情況下，帕洛瑪先生只得自己私底下思索與年輕人說話的困難。

他想道：「困難在於我們和他們之間，確實有一道無法跨越的鴻溝。在我們這一代人與他們那一代人之間，已經發生了某些事情，經驗的連續性已經斷裂：我們不再有任何共同的參照點。」

他又想道：「不對，困難在於每回我打算要責難或批評他們，或是勸勉和建議他們時，我就會想到年輕的時候，我也受到類似的責難、批評、勸勉或建議，而我從來不願意聽。時代不同了，行為、語言、習慣也都因此產生了許多變化；但我年輕時候的心理過程與當今年輕人的差別並不算大。因此，我沒什麼說話的權威。」

帕洛瑪先生在這個問題的兩種觀點之間猶疑良久。終於他得到結論：「這兩種立場之間並無矛盾。世代之間的斷裂，導源自不可能傳遞經驗，使其他人免於再犯我們犯過的錯誤。兩個世代之間的實際距離，根源於他們的共通部分，而這指的是相同經驗的循環重複，有如動物在遺傳上承繼而來的行為。另一方面，我們與他們之間的差別，是每個時代演變不可逆轉之變化的產物；而這些差別是留傳給他們的歷史遺產的結果，這是我們應該負責的眞正遺產，即使有時候這種留傳並非有所自覺。正因爲如此，我們沒什麼可以教導他們的：對於最類似我們己身經驗之處，我們無法發揮影響；在承載著我們自身印記的地方，却無法辨認出我們自己。」

3.2.3 模型的模型

帕洛瑪先生的生涯中曾經有個時期，他所依循的思考法則是：首先，在心裡構造一個模型，一種最完美，最符合邏輯，最具幾何形式的模型；其次，檢查這個模型是否符合經驗中觀察到的實際情況；第三，進行必要的修正，使模型與現實能夠相符。帕洛瑪先生認爲，由物理學家和天文學家發明，藉以研究物質結構和宇宙結構的這種程序，是處理最爲複雜的人類問題——諸如牽涉了社會和統治的問題——的唯一方法。他必須牢記在心的是人類社會無形無狀且無理可循的現實，充滿了各種畸形異狀和災害苦難，而在此同時，他也必須心懷完美的社會組織模型，由整齊簡潔的線條所構成，包含了直線、圓形與橢圓形，各種形狀的平行四邊形，以及有橫座標和縱座標的圖形。

帕洛瑪先生很淸楚，要建立一個模型，必須要有出發點；也就是說，你必須要先有一些原理，藉以利用演繹法（deduction）來發展出你自己的論證。這些原理又稱爲公理或前提，它們不是你要去選取的東西；你已經擁有它們了，因爲如果沒有原理，你甚至無法開始思考。所以，帕洛瑪先生也擁有一些原理，但由於他不是數學家，亦非邏輯學者，所以並未費心去定義它們。無論如何，演繹法是他最喜歡的活動之一，因爲他可以默默地獨自浸淫其中，不需要什麼特殊設備，還可以隨時隨地進行，坐在他的安樂椅裡或散步時，都可以推想。相反地，他卻不太信賴歸納法（induction），也許這是因爲他認爲自己的經驗既模糊又不完整。因此，對他而言，一個模型的建立乃是晦暗不明的原理與難以捉摸的經驗之間，有如奇蹟般的均衡，但其結果應該比原理和經驗都更爲實在。其實，一個構造完善的模型，每個細節都受到其他部分的約制，因此每個部分都彼此完全連貫，猶如一部機器，如果有個齒輪卡住了，每個零件都會打結。在定義上，模型就是不需要更動任何部分，也能夠完美地運作；然而，我們卻非常清楚，現實難以運轉，而且經常會分解碎裂；所以，我們或多或少必須粗暴地迫使現實去接受模型的形式。

長久以來，帕洛瑪先生致力臻於這種無動於衷的超然狀態，只重視模式線條的安詳協調：人類現實爲了符合模型，所必須經受的一切割裂、扭曲和擠壓，都被認爲是暫時性的、無關緊要的意外。但是，只要他有一瞬間不凝視著理想模型天堂裡所描畫的和諧幾何設計，人類的景像便會躍入眼前，各種畸形異狀和災害苦難都未曾消失，而模型設計的線條似乎也歪斜扭曲了。

於是，必須進行精細的調整工作，漸次地修改模型，使它能夠趨近可能存在的現實，同時逐漸地改變現實，使它能夠趨近模型。事實上，人類本性的適應能力不像他原來想像的那樣沒有限制；同時，即使是最爲嚴謹的模型，也有可能顯現出始料未及的彈性。換言之，如果模型未能成功地改變現實，現實則必然成功地改變了模型。

帕洛瑪先生的準則逐漸改變了：現在他需要各式各樣的模型，它們的部件可以組合在一起，構成一個最符合現實的模型，而這個現實本身也已經是由許多不同時空的現實所組成。

在這個時期裡，帕洛瑪先生並未發展出自己的模型，也未曾試圖運用已經建立的模型：

他專注於設想一種正確模型的正確用法，以便連接他所見到的原理與現實之間益形擴大的差距。換言之，模型管理與操作的方式，並非他的責任，他也沒有能力介入。關切這些事務的人們，通常和他有相當大的差別。他們以其他的標準來判斷模型的功能：主要是將模型當成權力的工具，而不是依照原理或應用模型的結果來判斷。這種態度非常自然，因爲各種模型所要塑造的基本上總是一種權力的體系；但如果這種體系的效果是依照其堅強程度與持久能力來衡量，那麼這個模型就成爲一種堡壘，而其厚牆便遮蔽了外界的事物。帕洛瑪先生對於權力以及與之抗衡的權力，從來就沒有好感，他終究深信，眞正重要的是權力與其對抗性力量以外的事情：社會裡各種緩慢地、悄聲地、沒沒無名地構成的形式，包括人們的習慣，思考與行動的方式，以及他們的價值尺度。如果事情就是這樣進行，那麼帕洛瑪先生所夢想的諸模型之模型，就必須有助於構成一種清晰透明的模型，有如蜘蛛網般精緻，或者甚至能夠消融掉模型，或根本就分解了自己。

到了這個地步，帕洛瑪先生唯一能做的事，就是完全抹除自己腦海裡的一切模型，以及模型的模型。採取這個步驟之後，當他說出他的每個「是」、「否」與「但是」時，他便與現實直接面對面，那是難以支配且不可能整齊劃一的現實。要這麼做，最好是將自己的心靈清理乾淨，只佈置經驗片段及潛藏但無法證明的原理的記憶。這並非帕洛瑪先生特別能夠得到滿足的操作方式，但對他而言，卻是實際可行的唯一方式。

當涉及的是要呈顯社會的弊端，或濫權者的荒謬行徑時，他會毫不遲疑（除了擔心如果說了太多次，正義的主張也會聽來反覆、平淡無奇、令人厭倦）。但他發覺若要談論解決之道就比較困難了，因為他首先要確定這些藥方不會引發更嚴重的弊端和濫權，並且確保開明改革者的睿智擘畫，能夠被後繼者推行而不導致傷害，因為他們的後繼者可能是些愚蠢之輩或是欺詐之徒，或是既愚蠢又欺詐的人。

所以，他只能夠有系統地仔細闡述這些精緻的思想了，但是還有一項顧忌束縛著他：如果這一切又變成了模型怎麼辦？因此，他寧可讓自己的信念保持著流動不居的狀態，使它們成為自己日常行為暗藏的法則，不論當時是否有所行動，選擇或是拒絕，說話或是保持沉默。

3.3 帕洛瑪先生的冥想

3.3.1 觀看世界的世界

經歷了一連串不值得回憶的知性冒險後，帕洛瑪先生決定，他的主要活動是從外部來觀察事物。帕洛瑪先生有點近視、心不在焉、內向反思，氣質上不像是通常被稱爲觀察家的那種人。然而，總是會有一些事物，例如一堵石牆、一個貝殼、一片樹葉或一只茶壺，展現在他面前，似乎在邀請他給予細緻而長期的關注：他幾乎沒有自覺地開始觀察它們，他的目光一開始是瀏覽所有的細節，後來便無法與它們分離了。帕洛瑪先生決定他今後要倍增自己的注意力：首先，當事物發出召喚時，不要讓這些召喚錯身而去；其次，賦予觀察的活動應有的重視。

在這個時候，他遇見了他的第一個關鍵時刻：由於帕洛瑪先生確信，此後世界將會向他揭顯無窮無盡的豐富事物，他便嘗試將目光投向進入視野的一切事物；但他並不因此覺得愉快，便放棄了。隨後是第二個階段，這時他相信只有某些事物值得觀看，其他事物則不值一顧，因此他必須去尋找正確的觀察對象。如此一來，他每回都要面臨選擇、排除、優先的順序等問題；他很快就發現，每當他將他的自我，以及與自我有關的一切問題都牽涉進來時，只會把每樣事物都搞砸。

但是如何能夠把自我擺在一邊，同時又觀察事物呢？這時是誰的眼睛在觀看呢？一般的狀況是：你會認為自我宛如是個從你自己的眼睛後面向外窺視的人，就好像是倚在窗台邊，觀看在面前伸展出去的廣袤世界。這麼一來，就有個朝向世界開啓的窗戶了。世界在窗外那頭；而在窗戶這邊，我們有些什麼呢？有的還是世界，否則還會是什麼東西？帕洛瑪先生把注意力稍加集中，便將他面前的世界移位，擺置在窗台上，並朝外觀看。現在，在窗戶外頭還剩下些什麼呢？世界還是在外頭，但這時世界被分割爲一個正在觀看的世界，以及一個被觀看的世界。那麼這時候他自己，也就是所謂的「我」，換言之就是帕洛瑪先生，又是如何呢？難道他不是這正在觀看的世界裡的一份子，並觀看著世界的另一部分嗎？或者，既然窗戶外面有個世界，窗戶這邊也是世界，也許這個「我」或自我就是窗戶本身，而世界就是經由我來觀看世界。世界爲了觀察自己，便需要透過帕洛瑪先生的眼睛（以及眼鏡）。

因此，帕洛瑪先生今後要從外部來觀看事物，而非經由內部。但這麼做還不夠：他觀察事物時的目光，必須源自於他的身外，而非體內。他想要立刻進行實驗：現在，正在觀察的不是他，而是外部的世界在觀察外面。確定這個立場後，他將目光投向四周，期待見到全新的轉變。但什麼也沒有發生。環繞周遭的還是每天如常的灰暗色調。於是，每件事情必須從頭想過一遍。只由外部世界來觀察外部是不夠的：整個軌跡應該是從被觀看的事物出發，然後連結上進行觀看的事物。

從事物之間的無聲距離中，必須產生一個符號、一個召喚、使個眼色：某個事物從其他事物之間脫身而出，意圖要表示某種意義……但要意指什麼呢？意指它自身。一件事物要被其他事物觀看而能夠感到愉悅，唯有它確信自己只意指了自身，而非任何其他東西，並置身於只意指了自身而未意指任何其他東西的事物之間。

當然，這種時機並非經常出現；但遲早它們必得要出現：只須等待某個幸運的巧合就夠了，亦即當世界既想要觀看，同時又想要被觀看的時候，正好帕洛瑪先生路過。或者，帕洛瑪先生根本就不必等待，因爲這種事情只有在人們並未等待它們的時候，才會發生。

3.3.2 宇宙是面鏡子

帕洛瑪先生很難與人類同胞建立關係，因而非常苦惱。他羨慕那些具有天份，能夠找到合適的事情來談論，對每個人的招呼都很得體的人；他們可以和偶然遇見的任何人都自在相處，並且讓他人感到輕鬆自如；他們可以很靈活地在人際間往來，即刻明白什麼時候應該要保護自己，保持距離，什麼時候能夠贏取信任和情感；他們在與他人的關係中全力付出，也使得他人願意盡力而爲；他們能夠立即知道如何評斷他人，不論是根據自己的需要來評價，或是依據絕對的標準。

帕洛瑪先生懷抱著缺乏這些天份的遺憾想道，「這些天份是賦予那些能夠與世界和諧相處的人。因此，他們不僅能夠自然地和各種人建立融洽的關係，與各種事物、地方、情境、時機，穹蒼中星辰的運行，以及分子中原子的組合，也都能夠和諧相處。這些同時並存的衆多事物，也就是我們所謂的宇宙，並不會壓垮這些幸運的人，因爲他們能夠在無窮的組合、排列與因果之鍊的最微小縫隙中滑溜穿越，躲開致命隕石的路徑，而只捕捉到慈善的光輝。誰是宇宙之友，宇宙也就與他爲友。」帕洛瑪先生嘆息道：「我要是這種人就好了！」

他決定效法這種人。從此以後，他的所有努力都要致力於與近鄰的人類，以及銀河系裡最遙遠的漩渦星雲，達致一種和諧的關係。但他與近鄰之間的問題太多，於是帕洛瑪先生首先嘗試改善他與宇宙的關係。他躲開同類，將自己與他們的往來降至最低；他越來越習慣將腦海騰空，驅除一切輕率不穩重的想法；他在星辰滿佈的夜晚觀察天空，研讀天文學書籍，逐漸掌握了星際空間的概念，直到它成爲自己心靈構件中永恆的一部分。然後，他試圖讓自己的思想能夠同時關注最近與最遠的事物：當他點燃他的煙斗時，注意著讓火柴的火焰在他吸下一口煙時，被吸入煙斗內部，啓動將菸絲轉變爲灰燼的緩慢過程；但他的專注又不能讓他因此須臾忘記大麥哲倫星雲（Large Magellanic Cloud）裡，此刻（意思是指幾百萬年以前）正有一顆超新星爆炸。他從未有片刻忘懷宇宙裡的萬事萬物都相互關連、彼此呼應的觀念。巨蟹座的亮度變化或是仙女座內球狀團塊的集結，一定會對他的電唱機的功能，或是他的沙拉盤中水田芥菜葉的新鮮度有某種影響。

當帕洛瑪先生確信，他在靜默地漂浮於宇宙虛空中的事物之間，在遨遊於時空裡的現在與未來可能事件的塵雲之中，已經準確地描繪出他自己的位置以後，他便決定是時候該把這種宇宙智慧運用到他與同類的關係中了。他急忙回到社群裡，恢復了人際關係、友誼與業務往來；他以良心仔細檢視這些聯繫與情感關係。他期望看到自己面前展現出最終將是明顯、清晰而毫無模糊之處的人類景象，在那裡他將可以用精準而有信心的姿態行動。結果是這樣嗎？根本就不是。他一開始便逐漸捲入誤解、猜疑、妥協和謬誤的混亂；最細微末節的事情引發了盛怒，最嚴肅的事情卻無法引人注意；他所說的每句話或所做的每件事，都顯得笨手笨脚、不夠沉穩、優柔寡斷。爲什麼不成呢？

原因在於：在觀察星辰時，他已經習於認為自己是個既無名號又無形體的小點，幾乎忘了自己的存在：現在要和人類交往，他不得不牽涉到自身，但他再也不知道他的自我位居何處。在面對另一個人的時候，每個人都該知道他和那個人的關係位置如何擺放，應該肯定地知道對方的出現會誘發什麼反應——討厭或是吸引，支配或是臣服，門徒或是師長，擔任演員或是觀衆——根據這些反應及對方的回應，他可以設定這場戲局的運作規則，以及如何走棋和回擊。但是要能夠達到這一切，即使在開始觀察他人以前，他就必須很清楚自己是誰。對於同類的認識，就是有這個特殊面向：一定要透過對於自我的認識；而帕洛瑪先生缺乏的正是這種自我了解。需要的不僅是認識，還要能理解、能協調自己的手段、目的及動機，這意味著要能掌握自己的意向與行動，能控制與指導它們，而不是強迫或抑止它們。帕洛瑪先生所讚賞的每個言行都正確而自然的人，不僅是與宇宙和睦相處，而且首先是與他們自己和睦相處。帕洛瑪先生並不喜愛自己，總是費心地避免與自己面對面相遇；也因此他喜歡在銀河系裡尋求庇護；現在，他明白應該先尋求內心的祥和。宇宙也許能夠平靜地運轉；他自己則確實辦不到。

依然開啓的唯一出路是自我認識；此後，他將探索自己內在的地勢，繪製自己心境的圖像，從中找出它的公式與理論；他將望遠鏡瞄準自己生活歷程的軌道，而不是星座運行的軌道。他現在這麼想，「如果我們忽略了自己，便無法認識我們身外的任何事物。宇宙是面鏡子，我們在其中只能注視我們已經從自己那裡學到的東西。」

因此，他探索智慧的旅程又邁入新的階段。現在，最後他的目光可以在內心裡自在流轉了。他會看到什麼呢？他的內在世界看來會像光亮的漩渦星雲龐大而寧靜的旋轉嗎？他會看見決定性格與命運的恆星和行星，沿著拋物線或橢圓形軌道靜默地航行嗎？他能夠默想一個圓周無限大，以自我爲中心，但中心落居每一點上的球體嗎？

他張開眼睛。目光所及都是他已經見過的日常事物：街道裡滿是人群，個個形色匆匆，推擠著前行，都不曾注視他人的臉，四處則聳立著陡峭斑駁的高牆；背景是繁星閃爍的夜空，散發出間歇的光芒，猶如一具運轉失靈的機器，沒有上油的所有關節，都搖搖欲墜，嘎吱作響；這是一個陷入險境的宇宙的前緣，變形扭曲，跟他一樣不得安寧。

3.3.3 學習死亡

帕洛瑪先生決定此後他要假裝自己已經死了，看看世界沒有他時，會是什麼模樣。一段時間以後，他發覺他與世界之間的事情，不再像以前那樣子進行了；以前，他與世界似乎都對彼此有所期待；現在，他已經記不起來到底是要期待些什麼，不論是好事或壞事，或者說，他記不得爲什麼這種期待曾讓他長期處於激動焦躁的狀態。

既然如此，帕洛瑪先生應該感覺到一種解脫，不再需要去尋思世界爲他準備了什麼；而世界也該因此而得到解脫，因爲世界不再需要爲他煩惱了。但是，正是這種享受寧靜的期待，使得帕洛瑪先生焦慮不安。

換言之，死亡並不如乍看之下那麼簡單。首先，你不能混淆死亡與不存在；不存在的狀態佔有了出生之前的漫長時間，而且與死亡以後同樣的綿長歲月顯然互爲對稱。事實上，在出生以前，我們屬於有可能實現或不實現的無盡可能性的一部分；反之，一旦死去，我們就無法在過去（我們死後完全屬於過去，但我們對過去不再有任何影響）和未來（未來即使受到我們的影響，也還是我們的禁地）實現我們自己。帕洛瑪先生的狀況卻比較簡單，因為他對任何事物或人發揮影響的能力，總是微不足道：世界可以完全不需要他，他也可以相當平靜地假想自己已死，而甚至毋須改變他的作息。問題不在他所作所為的變化，而在於他是什麼的變化，更明白地說，就是相對於世界而言，他是什麼東西。以前，他所謂的「世界」乃是指包含他在內的世界；現在，問題變成是他自身加上一個沒有他的世界。

沒有他的世界是否意味了焦慮的終結？這個世界裡，是否一切事物的發生都和他的出現及反應無關，而是遵循事物自身的規則，或是與他無關的必然性或法則呢？一波海浪撲擊懸崖，淘空了岩石，另一波海浪襲來，又一波海浪，然後再一波；無論他存在或不存在，一切事物都持續進行。死亡的解脫應該是這樣：消除了我們自身之存在的這個不安斑點後，唯一要緊的就是陽光底下的事物，不帶感情地寧靜延展與持續。一切都非常沉靜，或者是趨向於沉靜，即使是颶風、地震、火山爆發，亦復如此。但是，這不就是他先前還活在其中時的世界嗎？那時，每場暴風雨本身不都已經蘊含了風暴過後的平靜，預先備妥了所有海浪都已經襲擊過海岸，強風也耗盡了力量的時刻？也許，死亡意味著落入波浪永遠不會平息的海洋之中，因此，等待海洋平靜下來，實屬徒勞。

死人的目光總是帶著點求饒的意味。地點、情境與場合或多或少是我們已經熟知的了，辨認出它們，總是能夠提供某種安慰；但同時其中又有程度不同的許多變化，而且明顯易見。如果這些變化符合了某種有邏輯的、一致的過程，那它們本身或許也可以被接受；但實際上它們是隨意而不規則的，這就令人厭煩了，尤其是我們總是想要干預，並且從事看來必要的修正，但是在死去以後，我們無法這麼做。因此，死者會出現一種不情願的態度，幾乎是窘迫尷尬的心情，但同時又沾沾自喜，這種態度就是，一個人知道重要的只是自己過去的經歷，而且賦予此外的部分過多重要性，也沒什麼意思了。因此，會很快出現一種主宰性的想法，凌駕於其他念頭之上：一切問題都是別人的問題和事情了；這種認識令人感到解脫。死人應該不必再去詛咒任何事情了，因爲他們再也不需要去考慮這些事了；即使這種想法看來或許有點不道德，但死人正是由於不必負責任而感到歡快。

帕洛瑪先生的心境越是接近前面所描述的狀態，越覺得死去的想法非常自然。當然，他還沒有找到他認定死者通常會擁有的那種超脫情懷，或是找到超越一切解釋的理由，或者擺脫自己的局限，就好像他正從通往其他向度的隧道鑽出來。有些時候，他以爲自己至少已經脫離了他一生都爲之煩惱的焦急難耐，亦即看見別人做錯事情就不耐煩，並且想到自己若置身於別人的處境也會犯錯，但至少自己能夠察覺到錯誤。不過，他並未眞的擺脫這種焦急難耐，而且他曉得他對於別人和自己錯誤的無法容忍，將會和這些錯誤一同延續下去，而死亡無法予以抹除。所以，他最好是去習慣它：對帕洛瑪先生來說，死亡就意味著放棄自己，停留在一個確切不移的狀態裡，而且不再有改變的希望。

帕洛瑪先生並沒有低估活著的狀態相對於死亡的優勢：這種優勢並非針對未來而論，因爲未來的風險總是很大，而且利益也不長久：優勢在於活著就有可能改變自己過去的樣態。（除非我們已經完全滿足自己的過去，但這種情況實在過於無趣，不值得費心探討。）人的一生是由各種事件的集合所組成，其中的最後一件事情，可能改變所有事件的意義，這並非因爲它比以前的事件都來得重要，而是一旦事件被容納進入一段人生，事件的排列並非依照時間先後的順序，而是對應於一種內在的結構。例如，有個人在成年以後讀到一本對他很重要的書，並且說道，「如果沒有讀過這本書，我的人生怎麼過得下去！」還有，「眞遺憾年輕的時候沒有讀到這本書！」這些話都沒有多大的意義，尤其是第二句，因爲在他讀了這本書以後，他的整個生命就變成了有讀過這本書的人的生命，而他讀這本書的時間是早是晚就不重要了，因爲他在讀這本書以前的生命，現在也具備了由這次閱讀所塑造的樣態。

要學習死亡，最困難的一個步驟就是：確信自己的生命是一個封閉的整體，完全屬於過去，你再也不能添加些什麼，也無法改變其中各種成份之間的關係了。當然，那些繼續活著的人，根據他們變化多端的經歷，爲死人的生活帶來改變，而且替沒有形態的賦予形態，或是替原來具有不同形態的東西賦予新的形態。舉例來說，將一個因爲違犯法律而遭受譴責的人，視爲正義的反叛者，將本來被認定會發狂或精神錯亂的人，譽爲詩人或先知。但是這些變化只有對活人才顯得格外重要；死人很難從中獲得好處。每個人都是由他的一生，以及他生活的方式所構成，這是誰也無法剝奪的。任何生活在痛苦之中的人，總是由他的痛苦所構成；如果有人試圖剝奪他的痛苦，他就再也不是他自己了。

因此，帕洛瑪先生準備要當個滿懷怨氣的死人，不願意順服於永遠固定不變的刑罰；但他也不情願放棄他自己的任何事物，即使那是一項負擔。

當然，也可以依恃那些保證死後至少有一部分自我能存活下來的設計。這些觀點可以區分爲兩個大類：一種是生物的機制，可以讓所謂的基因遺傳的那部分自我，傳遞給後代子孫；另一種是歷史的機制，可以保證繼續存活的人的記憶與語言裡，有某種連續性，並且承繼了即使是最爲笨拙的前人，也或多或少有所收集和儲藏的經驗。這兩種機制也可以看成是單獨一個，將各個世代的相繼，看成是一個人生命的各個階段，延續了好幾個世紀與千年；但這麼一來只不過是推遲了問題，從我們自身的、個人的死亡，推遲到整個人類的滅絕，不論這在多久以後才會發生。

帕洛瑪先生從設想自己的死亡開始，已經考慮到人類的最後生存者，或是人類的子孫或後繼者的滅亡：來自其他星球的探險者，在廢棄荒蕪的地球上登陸；他們譯解了記錄在金字塔的象形文字，以及電子計算機的打孔卡片裡的線索；於是人類的記憶又從灰燼裡重生，並且在宇宙裡有生命居住的地帶散播。就這樣子傳散，經歷了幾次延擱之後，當活人記憶的最後一絲物質證據衰退成爲一撮熱量，或者它的原子冷卻結晶變成無法活動的構造時，人類的記憶磨耗而消逝在虛空之中的時刻便來臨了。

帕洛瑪先生想著，「如果時間要有終點，它就可以被一個瞬間、一個瞬間地描述，但每個瞬間在描述時都會延展，因而再也無法看到它的終點。」他決定著手開始描述自己一生的每個瞬間，而在他能夠完全描述完之前，他將不再想到死亡。就在那個時刻，他死了。

著　者—伊塔羅・卡爾維諾
譯　者—王志弘
主編—鄭麗娥
編輯—李慧敏
校對—徐錦成・魚蘭・王志弘
董事長
發行人—孫思照
總經理—莫昭平
總編輯—林馨琴
出版者—時報文化出版企業股份有限公司
108台北市和平西路三段二四〇號三樓
發行專線—(〇二)二三〇六—六八四二
讀者服務專線—〇八〇〇—二三一—七〇五・(〇二)二三〇四—七一〇三
讀者服務傳真—(〇二)二三〇四—六八五八
郵撥—〇一〇三八五四〇時報出版公司
信箱—台北郵政七九～九九信箱
時報悅讀網—http://www.readingtimes.com.tw
電子郵件信箱—liter@readingtimes.com.tw
印刷—偉聖印刷股份有限公司
初版一刷—一九九九年一月五日
初版五刷—二〇〇四年七月三十日
定價—新台幣一六〇元
◎行政院新聞局局版北市業字第八〇號

Printed in Taiwan
ISBN 957-13-2803-0

國家圖書館出版品預行編目資料

帕洛瑪先生 / 伊塔羅・卡爾維諾著 ； 王志弘譯
. -- 初版. -- 臺北市 ： 時報文化, 1999[民
88]
面 ； 公分. -- (大師名作坊 ； 909)
譯自 ： Palomar
ISBN 957-13-2803-0(平裝)

877.57 87016675

請沿虛線摺下裝訂，謝謝！

編號：AA909	書名：帕洛瑪先生
姓名：	性別：________ 1.男 2.女
出生日期： 年 月 日	身份證字號：

________ **學歷：**1.小學 2.國中 3.高中 4.大專 5.研究所（含以上）

________ **職業：**1.學生 2.公務（含軍警） 3.家管 4.服務 5.金融 6.製造 7.資訊 8.大眾專播 9.自由業 10.農漁牧 11.退休 12.其它

地址：________ 縣（市）________ 鄉鎮區 ________ 村 ________ 里

____ 鄰 ________ 路（街）____ 段 ____ 巷 ____ 弄 ____ 號 ____ 樓

郵遞區號 ____________

（下列資料請以數字填在每題前之空格處）

________ **您從哪裡得知本書／**
1.書店 2.報紙廣告 3.報紙專欄 4.雜誌廣告 5.親友介紹
6.DM廣告傳單 7.其他

________ **您希望我們爲您出版哪一類的作品／**
1.長篇小說 2.中、短篇小說 3.詩 4.戲劇 5.其他

________ **您對本書的意見／**
________ 內容／1.滿意 2.尚可 3.應改進
________ 編輯／1.滿意 2.尚可 3.應改進
________ 封面設計／1.滿意 2.尚可 3.應改進
________ 校對／1.滿意 2.尚可 3.應改進
________ 翻譯／1.滿意 2.尚可 3.應改進
________ 定價／1.偏低 2.適中 3.偏高

您的建議／

廣告回郵
北區郵政管理局登
記證北台字1500號
免貼郵票

時報出版
CHINA TIMES PUBLISHING COMPANY
尊重智慧與創意的文化事業

地址：108台北市和平西路三段240號3樓
讀者服務專線：080-231-705・(02)2304-7103
讀者服務傳眞：(02)2304-6858
郵撥：01038540 時報出版公司

請寄回這張服務卡（免貼郵票），您可以——
●隨時收到最新消息。
●參加專為您設計的各項回饋優惠活動。

MASTERPIECE

大師名作坊
MASTERPIECE

世界一流作家名作精粹

寄回本卡，大師名作將優先與您分享